# दुनिया का सबसे खुशहाल इंसान

AF552585

# दुनिया का सबसे खुशहाल इंसान

## ऑश्वित्ज़ यातना-शिविर से बच निकले व्यक्ति की प्रेरणादायक कहानी

# एडी जाकु

अनुवाद : यामिनी रामपल्लीवार

मंजुल पब्लिशिंग हाउस

**मंजुल पब्लिशिंग हाउस**

*कॉरपोरेट एवं संपादकीय कार्यालय*

• द्वितीय तल, उषा प्रीत कॉम्प्लेक्स, 42 मालवीय नगर, भोपाल-462 003

*विक्रय एवं विपणन कार्यालय*

• सी-16, सेक्टर 3, नोएडा, उत्तर प्रदेश, 201301

वेबसाइट : www.manjulindia.com

*वितरण केन्द्र*

अहमदाबाद, बेंगलुरू, कोच्चि, कोलकाता, चेन्नई,
हैदराबाद, मुम्बई, नई दिल्ली, पुणे

एडी जाकु द्वारा लिखित मूल अंग्रेजी पुस्तक *द हैपीएस्ट मैन ऑन अर्थ : द ब्यूटीफुल लाइफ़ ऑफ़ एन ऑश्वित्ज़ सर्वाइवर* का हिन्दी अनुवाद

*The Happiest Man on Earth: The Beautiful Life of an Auschwitz Survivor*
by Eddie Jaku – Hindi edition

कॉपीराइट © एडी जाकु, 2020
सर्वाधिकार सुरक्षित

सर्वप्रथम ऑस्ट्रेलिया में पैन मैक्मिलन ऑस्ट्रेलिया प्रा. लि. द्वारा 2020 में प्रकाशित

यह हिन्दी संस्करण 2022 में पहली बार प्रकाशित
तृतीय आवृत्ति 2026

**ISBN 978-93-91242-82-4**

अनुवाद : यामिनी रामपल्लीवार
आवरण चित्र : टिम बाउअर
कवर डिज़ाइन : लॉरा थॉमस

मुद्रण व जिल्दसाज़ी : पार्कसन्स ग्राफ़िक्स प्रा.लि.

यह पुस्तक इस शर्त पर विक्रय की जा रही है कि प्रकाशक की लिखित पूर्वानुमति के बिना इसे या इसके किसी भी हिस्से को न तो पुनः प्रकाशित किया जा सकता है और न ही किसी भी अन्य तरीक़े से, किसी भी रूप में इसका व्यावसायिक उपयोग किया जा सकता है। यदि कोई व्यक्ति ऐसा करता है तो उसके विरुद्ध कानूनी कार्रवाई की जाएगी।

आने वाली पीढ़ियों के लिए

मेरे पीछे मत चलो, हो सकता है मैं नेतृत्व नहीं कर पाऊँ।
मेरे आगे भी मत चलना, मैं शायद अनुसरण नहीं कर पाऊँ।
बस, मित्र बनकर मेरे साथ चलो।

–अज्ञात

# आमुख

ओ मेरे नए मित्र।

मुझे जीते हुए सौ साल हो गए हैं। मैंने अपने जीवन में अनेक विपरीत परिस्थितियों का सामना किया है। मैंने मनुष्यों को निकृष्टतम स्थिति में देखा है, मृत्यु-शिविरों की भयावहता देखी है, नाज़ियों ने मेरे और मेरे अपनों के जीवन को नष्ट करने का प्रयास किया है।

लेकिन मैं अपने आपको इस धरती का सबसे खुश इंसान मानता हूँ।

अपने इतने वर्षों के जीवन में मैंने जो सीखा, वह यह कि : यदि आप बनाना चाहें, तो जीवन सुंदर बन सकता है।

मैं आपको अपनी कहानी बताऊँगा। इसका आरंभ बहुत दुःख भरा है, इसमें शोक है, बेहद संताप है। लेकिन अंत सुखद है, क्योंकि खुशी चुनना तो आपके हाथ में है।

यह आप पर निर्भर है।

मैं आपको बताऊँगा, कैसे।

# अध्याय 1

## *दुनिया में पैसा ही सबकुछ नहीं*

मेरा जन्म वर्ष 1920 में पूर्वी जर्मनी के एक नगर लीपज़िग में हुआ था। मेरा नाम अब्राहम सॉलोमन जकुबोविक्ज़ था, लेकिन सभी दोस्त प्यार से मुझे एडी पुकारते थे। तो मेरे मित्र आप भी कृपया मुझे एडी ही पुकारना।

हमारा एक बड़ा परिवार था, एक दूसरे से बहुत प्यार करने वाला। मेरे पिता, इसिडोर के चार भाई और तीन बहनें थीं, और मेरी माँ जिनका नाम लीना था, तेरह संतानों में से एक थीं। मेरी दादी की क्षमता की कल्पना करें, जिसने इतने बच्चों की परवरिश की! उसने प्रथम विश्व युद्ध में अपना एक बेटा खो दिया, एक यहूदी ने जर्मनी के लिए अपना जीवन बलिदान कर दिया, साथ ही उसके पति यानी मेरे दादा, सेना में पादरी थे, जो युद्ध से कभी लौटकर घर नहीं आए।

मेरे पिता को जर्मन नागरिक होने पर बहुत गर्व था, वह पोलैंड के अप्रवासी थे और जर्मनी में आकर बस गए थे। उन्होंने पहली बार टाइपराइटर निर्माता कंपनी रेमिंगटन के लिए मैकेनिकल इंजीनियरिंग में एक एप्रेन्टिस बनने के लिए पोलैंड छोड़ा। क्योंकि वह बहुत अच्छी जर्मन भाषा बोलते थे, इसलिए वह एक जर्मन व्यापारी जहाज पर काम करते हुए अमेरिका पहुँच गए।

अमेरिका में उनका व्यापार बहुत अच्छा चल रहा था, लेकिन उन्हें अपने परिवार की याद सताने लगी और फिर एक और जर्मन व्यापारी जहाज पर सवार होकर उन्होंने यूरोप वापस जाने का फ़ैसला कर लिया - और पहुँचते ही प्रथम विश्व युद्ध में फंस गए। क्योंकि वह पोलिश पासपोर्ट पर यात्रा कर रहे थे, अतः उन्हें जर्मनों ने एक अवैध विदेशी के रूप में नज़रबंद कर दिया। बहरहाल, जर्मन सरकार को यह समझ में आ गया कि वह एक कुशल मैकैनिक हैं, और उनकी नज़रबंदी हटाकर लीपज़िग के एक कारख़ाने में काम करने की इजाज़त दे दी। यहाँ पर युद्ध के लिए उपयोगी भारी हथियार बनाए जाते थे। इसी समय उन्हें मेरी माँ लीना और

जर्मनी-दोनों से प्यार हो गया, और युद्ध के बाद वह वहीं रह गए। उन्होंने लीपज़िग में एक कारख़ाना खोला, मेरी माँ से शादी की, और जल्द ही मेरा जन्म हुआ। दो साल बाद, मेरी छोटी बहन जोहाना का इस दुनिया में आगमन हुआ। हम उसे प्यार से हेनी पुकारते थे।

मेरे पिता की देशभक्ति और जर्मनी के प्रति उनका अभिमान अडिग था। हम ने अपने आपको पहले और दूसरे स्थान पर भी जर्मन ही माना, और उसके बाद यहूदी। हमारे लिए हमारे धर्म से अधिक महत्त्वपूर्ण था; लीपज़िग का अच्छा नागरिक होना। हम अपनी परंपराओं का पालन करते थे और अपने त्योहार भी मनाते थे, लेकिन हमारी वफ़ादारी और हमारा प्यार जर्मनी के लिए ही था। मुझे लीपज़िग का रहवासी होने पर गर्व था, एक ऐसा शहर जो 800 वर्षों से कला और संस्कृति का केंद्र रहा और यहाँ दुनिया के सबसे पुराने सिंफ़नी ऑर्केस्ट्रा में से एक रहा है। यह शहर योहान सेबेस्टियन बाख़, क्लारा शुमान, फ़ीलिक्स मेंडलसन और गोएटे, लीबनज़ और नीत्शे जैसे कई लेखकों, कवियों, दार्शनिकों और अन्य लोगों को प्रेरित किया है।

सदियों से यहूदी लीपज़िग समाज में रचे-बसे हैं। मध्ययुगीन काल से, यहूदी व्यापारियों को बड़े व्यापार में शामिल होने के लिए शनिवार के बजाय शुक्रवार की इज़ाज़त मिली हुई थी, क्योंकि शनिवार यानी यहूदी सबाथ को हमारे लिए काम करना मना है, यहूदी इस दिन आराम करते हैं। कुछ प्रमुख यहूदी नागरिकों और परोपकारियों ने यूरोप के कुछ सबसे ख़ूबसूरत उपासनागृहों को बनवाकर यहूदी समुदाय के साथ-साथ सार्वजनिक सार्वजनिक भलाई में भी योगदान दिया। आपसी सद्भाव जीवन का हिस्सा था। यह एक बच्चे के लिहाज़ से बहुत अच्छा जीवन था। हमारे घर से पाँच मिनट की पैदल दूरी पर एक प्राणी-उद्यान था, जो अपने प्राणी संग्रह के लिए दुनिया-भर में मशहूर था, साथ ही शेरों के पिंजरे में रहते हुए, दुनिया में सर्वाधिक प्रजनन के लिए भी जाना जाता था। क्या आप कल्पना कर सकते हैं कि एक छोटे-से लड़के के लिए यह कितना रोमांचक था? हमारे शहर में साल में दो बार बड़े-बड़े व्यापार मेले आयोजित किए जाते थे, जिनमें मेरे पिता मुझे ले जाते थे। इन्हीं मेलों ने लीपज़िग को यूरोप के सबसे सुसंस्कृत और धनी शहरों में से एक बना दिया था। लीपज़िग की भौगोलिक स्थिति और अहमियत ने इस व्यापारिक शहर को नई तकनीकों और विचारों के प्रसार का एक अनूठा संगम बना दिया था। इसका विश्वविद्यालय, जर्मनी का दूसरा सबसे पुराना, वर्ष 1409 में स्थापित किया गया था। दुनिया का पहला दैनिक समाचार पत्र वर्ष 1650 में लीपज़िग से प्रकाशित होना शुरू हुआ। किताबों का, संगीत का, ओपेरा का शहर। एक लड़के के रूप में, मुझे वास्तव में विश्वास था कि मैं पूरी दुनिया के सबसे प्रबुद्ध, सबसे सुसंस्कृत, सबसे परिष्कृत और सबसे शिक्षित समाज का हिस्सा था। मैं कितना ग़लत था।

भले ही मैं व्यक्तिगत रूप से बहुत धार्मिक नहीं था, पर हम नियमित रूप से उपासना-गृह जाते थे। हमने अपनी माँ के लिए अलग रसोई और यहूदी आहार का इंतज़ाम कर रखा था, जो हमारे साथ ही रह रहीं अपनी माँ यानी हमारी नानी को खुश रखने के लिए यथासंभव पारंपरिक ढंग से काम करना चाहती थीं। नानी बहुत धार्मिक थीं। प्रत्येक शुक्रवार की रात हम *शाबोस* (विश्राम) के भोजन के लिए मिलते थे, प्रार्थना करते और मेरी नानी द्वारा बड़े प्यार से पकाए गए पारंपरिक व्यंजनों का आनंद लेते थे। वह बड़े-से लकड़ी के चूल्हे पर खाना पकाती थीं, जिसके कारण पूरे घर में गर्माहट का अहसास होता था। इसमें एक बहुत सरल प्रणाली के तहत घर-भर में पाइप लाइन बिछी होती है, जिससे बिना बरबाद हुए अतिरिक्त ऊष्मा का प्रवाह होता था। धुआँ भी सुरक्षित रूप से बाहर निकल जाता था। जब हम ठिठुरते हुए बाहर से घर में दाख़िल होते तो गर्माहट पाने के लिए चूल्हे के बाजू में बिछे गद्दों पर बैठ जाते थे। मेरे पास एक कुत्ता था, लुलु नाम का एक छोटा-सा डैक्सहोंड पिल्ला, जो सर्द रातों में मेरी गोद से चिपका रहता था। वे रातें कितनी ख़ास थीं!

मेरे पिता हमारे लिए सुविधाएँ जुटाने के लिए कड़ी मेहनत करते थे, और हम आराम से रह रहे थे, लेकिन वह इस बात को लेकर भी सचेत थे कि हमें समझा सकें कि जीवन भौतिक सुख-सुविधाओं के अलावा भी बहुत कुछ है। प्रत्येक शुक्रवार की रात, *शाबोस* के खाने से पहले, माँ हॉला के तीन-चार पाव पकाती थीं, यह अंडे और आटे से बनी ख़ास, बहुत स्वादिष्ट उत्सवी पाव-रोटी थी, जिसे हम विशेष अवसरों पर खाते थे। जब मैं छह साल का था, मैंने उनसे पूछा कि जब हम केवल चार लोग हैं, तो हमने इतनी सारी पाव-रोटियाँ क्यों पकाई हैं, तब उन्होंने मुझे समझाया कि वह अतिरिक्त पाव-रोटियाँ उपासना-गृह में ज़रूरतमंद यहूदियों को दे आएँगे। वह अपने परिवार से प्यार करते थे और मित्रों से भी। वह अक्सर अपने साथ कुछ मित्रों को हमारे साथ रात का भोजन करने के लिए ले आते थे, हालाँकि मेरी माँ नाराज़ होतीं और कहती थीं कि वह एक बार में पाँच से अधिक लोगों को नहीं लाया करें, क्योंकि इससे अधिक लोगों के लिए हमारी मेज़ पर इंतज़ाम नहीं किया जा सकता था।

वह मुझसे कहते थे, 'यदि आप इतने भाग्यवान हैं कि आपके पास रहने को एक अच्छा घर और पैसा है, तो आप ज़रूरतमंद लोगों की मदद कर सकते हैं। इसी का नाम जीवन है। अपनी ख़ुशहाली बांटना।' मेरे पिता मुझसे कहते थे कि लेने से ज़्यादा खुशी देने में है, जीवन में महत्वपूर्ण चीज़ें - दोस्त, परिवार, करुणा - पैसे से कहीं अधिक मूल्यवान है। किसी व्यक्ति का मोल उसके बैंक खाते से अधिक होता है। तब मैं सोचता था कि वह कितने ख़ब्ती हैं, लेकिन अब इतना बड़ा जीवन गुज़ार लेने के बाद मुझे लगता है कि वह पूरी तरह सही थे।

लेकिन फिर हमारे सुखी पारिवारिक जीवन पर दुःख के बादल छाए। जर्मनी पर आफ़त आ गई। हम पिछला युद्ध हार गए थे और अर्थव्यवस्था बरबाद हो गई थी। विजयी मित्र राष्ट्रों ने हर्जाने के रूप में इतने धन की माँग की, जितने का भुगतान जर्मनी कभी-भी नहीं कर सकता था, 68 मिलियन (6.8 करोड़) लोग संकट में थे। भोजन और ईंधन की कमी हो रही थी और ग़रीबी बे-क़ाबू हो गई थी, जिसे हर स्वाभिमानी जर्मन शिद्दत के साथ महसूस कर रहा था। भले ही हमारा मध्यमवर्गीय परिवार एक सुविधापूर्ण जीवन जी रहा था, लेकिन पैसों से भी बहुत सारी ज़रूरतों को पूरा करना संभव नहीं था। मेरी माँ कई किलोमीटर पैदल चलकर बाज़ार जाती थीं और अच्छे समय में जमा करके रखे गए हैंडबैग और कपड़ों के बदले में अंडे, दूध, मक्खन या ब्रेड लेकर आती थीं। मेरे तेरहवें जन्मदिन पर, मेरे पिता ने मुझसे पूछा कि मुझे क्या चाहिए और मैंने छह अंडे, एक अनानास और एक सफ़ेद डबलरोटी का टुकड़ा माँगा जो कि मिलना मुश्किल था, क्योंकि जर्मन राई की डबलरोटी पसंद करते हैं। मैं छह अंडों से अधिक लुभावनी किसी और चीज़ की कल्पना नहीं कर सकता था, मैंने कभी अनानास भी नहीं देखा था। और किसी तरह उन्हें अनानास मिल ही गया - मुझे नहीं पता कैसे - पर आख़िर वह मेरे पिता थे। वह मेरे चेहरे पर मुस्कान देखने के लिए असंभव लगने वाले काम करते थे। मैं इतना ख़ुश था कि मैंने एक ही बार में सभी छह अंडे और पूरा का पूरा अनानास खा लिया। मैंने इतना अच्छा खाना पहले कभी नहीं खाया था। माँ ने मुझे चेताया कि धीरे-धीरे खाऊँ, लेकिन क्या मैंने उनकी बात सुनी? नहीं!

भीषण महँगाई थी, जिसके कारण आने वाले समय के लिए ख़राब नहीं होने वाली खाद्य-सामग्री को जमा करके रखना या भविष्य के लिए कोई योजना बना पाना असंभव था। मेरे पिता जब काम से लौटते तो बैग भर के नक़दी लाते, लेकिन सुबह वह हमारे किसी काम की नहीं होती थी। वह मुझे दुकान भेजते और कहते, 'तुम जो कुछ ख़रीद सको, ख़रीद लेना! यदि ब्रेड के छह टुकड़े हों, तो सभी ले आना! कल हमारे पास कुछ नहीं होगा!' सौभाग्यशाली लोगों के लिए भी जीना बड़ा मुश्किल था और जर्मन अपमानित महसूस कर रहे थे, बहुत नाराज़ थे। समस्या का समाधान नहीं पाकर लोग निराश और हताश थे। नाज़ी पार्टी और हिटलर ने जर्मन लोगों से समाधान का वादा किया था। और बदले में उन्होंने दुश्मन खड़े कर दिए थे।

वर्ष 1933 में जब हिटलर सत्ता में आया, तो वह अपने साथ यहूदी-विरोध की लहर लेकर आया। मैं अपने तेरहवें वर्ष में था और हमारी परंपरा में इस उम्र में *बार मित्ज़वाह* का आयोजन किया जाता है - यह एक प्राचीन धार्मिक अनुष्ठान है, जो यहूदी लोग बेटे के जवान होने पर करते हैं। *बार मित्ज़वाह* का मतलब है - 'सन ऑफ़ कमांडमेंट' (जो ईश्वरीय आज्ञाओं के पालन के लिए ज़िम्मेदार है), इस आयोजन में आमतौर पर स्वादिष्ट भोजन और नृत्य के साथ एक शानदार पार्टी

होती है। कोई और समय होता तो यह भव्य लीपज़िग सिनगॉग में आयोजित किया जाता, लेकिन नाज़ी शासन शुरू होने के बाद इसकी अनुमति नहीं थी। इसके बजाय, मेरा *बार मित्ज़वाह* सड़क से तीन सौ मीटर दूर स्थित एक छोटे-से उपासना-गृह में आयोजित किया गया। हमारा *शूल* (सिनगॉग का दूसरा नाम, शाब्दिक अर्थ 'पुस्तकों का घर') चलाने वाले रब्बी (आध्यात्मिक गुरु) होशियार थे। उन्होंने सिनगॉग के नीचे के फ़्लैट को एक गैर-यहूदी को किराए पर दे रखा था, जिनका एक बेटा एसएस में था। जब यहूदियों पर हमले होते, इस गैर-यहूदी का बेटा हमेशा यह फ़्लैट की रखवाली के लिए गार्ड रखना सुनिश्चित करता था और इस तरह से ऊपर बना शूल भी सुरक्षित रहता था। यदि वे *शूल* को तबाह करना चाहते, तो उन्हें उस व्यक्ति के घर को भी तहस-नहस करना पड़ता।

हमने एक धार्मिक आयोजन किया, जिसमें अपने परिवार और गुज़र चुके पुरखों के लिए प्रार्थना करते हुए मोमबत्तियाँ जलाईं। इस अनुष्ठान के बाद, यहूदी परंपरा के अनुसार अब मैं एक ऐसा व्यक्ति बन गया, जो अपने कार्यों के लिए स्वयं ज़िम्मेदार रहूँगा। मैं अपने भविष्य के बारे में सोचने लगा।

जब मैं छोटा था तो डॉक्टर बनना चाहता था, लेकिन मैं उस लायक़ नहीं था। जर्मनी में ऐसे संस्थान थे, जहाँ याददाश्त और निपुणता परीक्षणों के माध्यम से विद्यार्थियों की योग्यता और गुणवत्ता को परखा जाता था। इसी के माध्यम से उन्होंने जाना कि मुझमें गणितीय और दृष्टि-संबंधी योग्यता है, दृष्टि के साथ हाथ और आँखों का तालमेल उत्कृष्ट है। मैं एक अच्छा इंजीनियर बन सकता हूँ, और इसीलिए मैंने यही पढ़ने का फ़ैसला किया।

मैं 32 वॉल्क्सचुले नाम की एक बहुत सुंदर इमारत में बने स्कूल में पढ़ने के लिए जाने लगा। यह हमारे घर से एक किलोमीटर दूर था, और मुझे वहाँ तक पैदल चलकर जाने में लगभग पंद्रह मिनट लगते थे। बशर्ते जाड़ों का मौसम नहीं हो! लीपज़िग एक बहुत ही ठंडा शहर है और साल के आठ महीने यहाँ की नदी जमी रहती थी। नदी पर स्केटिंग करते हुए मैं पाँच मिनट के भीतर स्कूल पहुँच सकता था।

वर्ष 1933 में मैंने हाई स्कूल की पढ़ाई पूरी कर ली, और फिर लैबनज़ जिम्नैज़ियम स्कूल में जाने लगा। यदि सब कुछ ठीक तरीक़े से चला होता तो मैं 18 वर्ष की उम्र तक वहीं पढ़ रहा होता, लेकिन ऐसा नहीं होना था।

एक दिन, जब मैं स्कूल पहुँचा तो मुझे बताया गया कि अब आगे मैं यहाँ नहीं पढ़ सकता - यहूदी होने के कारण मुझे स्कूल ने निकाल दिया गया था। यह मेरे पिता के लिए अस्वीकार्य था, वह लीपज़िग में बड़ी पहुँच वाले एक ज़िद्दी व्यक्ति थे। उन्होंने जल्द ही मेरी पढ़ाई के लिए एक नई योजना तैयार की।

'चिंता मत करो', उन्होंने मुझसे कहा, 'तुम्हारी पढ़ाई जारी रहेगी, मैं इंतज़ाम करूँगा।'

मेरे लिए फ़र्ज़ी कागज़ात तैयार करवाए गए, और एक पारिवारिक मित्र की मदद से मुझे लीपज़िग के दक्षिण में टुटलिंगन के एक मैकेनिकल इंजीनियरिंग कॉलेज, जेटर अंड शीयरर में दाख़िला दिलवाया गया। उस समय यह दुनिया में इंजीनियरिंग टेक्नोलॉजी का मुख्य केंद्र था, जो दुनिया को उम्दा यांत्रिकी प्रौद्योगिकी उपलब्ध कराता था। उन्होंने सभी प्रकार की असाधारण मशीनें, जटिल चिकित्सा उपकरण और औद्योगिक मशीनरी बनाई। मुझे याद है कि मैंने एक ऐसी मशीन देखी थी, जिसमें कन्वेयर बेल्ट के एक छोर में चिकन को रखा जाता था और दूसरे छोर पर वह साफ़ होकर निकलता था। वह मशीन अविश्वसनीय थी! और, मैं यहाँ सीखने जा रहा था कि इन मशीनों को कैसे तैयार किया जाए, यहाँ दुनिया की सर्वोत्तम संभव इंजीनियरिंग की पढ़ाई होती थी। यहाँ दाख़िला पाने के लिए मुझे कई परीक्षाएँ देनी पड़ीं। मैं इतना घबराया हुआ था कि मुझे अपने माथे पर छलक रहे पसीने को बड़ी सावधानी से पोंछना पड़ रहा था कि कहीं वह ये पसीने की बूंदे गिरकर मेरा पेपर ही ख़राब नहीं कर दे। मैं बहुत चिंतित था कि कहीं मैं अपने पिता को निराश नहीं कर दूँ।

मेरा कल्पित नाम - वाल्टर श्लाइफ़ दर्ज कराया गया। वाल्टर एक गैर-यहूदी जर्मन अनाथ लड़का था, जो हिटलर की जर्मन चांसलर के रूप में नियुक्ति होने से बिलकुल भयभीत नहीं था। वाल्टर श्लाइफ़ एक वास्तविक जर्मन लड़का था, जो ग़ायब हो गया था। आशंका थी कि जब नाज़ियों ने सिर उठाना शुरू किया तो उसके परिवार ने चुपचाप जर्मनी छोड़ दी थी। मेरे पिता ने उसके पहचान-पत्र इकट्ठे किए और वह उन्हें संशोधित करने में इतने सक्षम थे कि सरकार को आसानी से धोखा दिया जा सकता था। उन दिनों जर्मन पहचान-पत्रों में इतनी तसवीरें लगी होती थीं कि उन्हें केवल विशेष इन्फ्रारेड लाइट के सहारे ही देखा जा सकता था। जालसाज़ी बहुत अच्छी तरह से की जानी थी, लेकिन मेरे पिता का टाइपराइटर में व्यवसाय होने का मतलब था कि उनके पास सही उपकरण और इस संबंध में पूरी जानकारी थी।

नए दस्तावेज़ों के साथ अब मैं एक नया जीवन शुरू कर सकता था और उस स्कूल में जगह पा सकता था, जहाँ से मैकेनिकल इंजीनियरिंग का प्रशिक्षण लेना था। लीपज़िग से स्कूल तक पहुँचने में ट्रेन से नौ घंटे का समय लगता था। मुझे अपना ध्यान रखना था, अपने कपड़े, अपनी पढ़ाई देखनी थी और हर हाल में अपना राज़ भी छुपाए रखना था। मैं हर दिन स्कूल जाता था और रात को पास के एक अनाथालय के शयन-कक्ष में अपनी उम्र से बड़े लड़कों के साथ सोता था। अपनी अप्रेन्टसशिप के बदले में, मुझे थोड़ा-सा वज़ीफ़ा मिला, जिससे मैं अपने कपड़े और कुछ ज़रूरी सामान ख़रीद सकता था।

वाल्टर श्लाइफ़ बनकर एकाकी जीवन जीना था। मैं वास्तव में कौन हूँ – यह किसी से भी नहीं कह सकता था, किसी पर भरोसा नहीं कर सकता था। ऐसा करने का मतलब था यहूदी के रूप में अपनी पहचान ज़ाहिर करना और खुद को ख़तरे में डालना। शौचालय और स्नानागार में भी मुझे ख़ास ध्यान रखना पड़ता था, क्योंकि मेरे ख़तने के बारे में साथियों को पता लगने का मतलब था मेरी वहाँ से छुट्टी।

घर से कम ही संपर्क हो पाता था। चिट्ठी लिखना सुरक्षित नहीं था और टेलीफ़ोन करने के लिए मुझे बेसमेंट में बने डिपार्टमेंटल स्टोर तक जाना पड़ता। कोई मेरा पीछा नहीं करे यह सुनिश्चित करने के लिए लंबा और टेढ़ा रास्ता लेना पड़ता। मैं अपने परिवार से कभी-कभार ही बात कर पाता था। मुझे बहुत दुःख होता था। मैं उन्हें एक नौजवान का घर से इतनी दूर होने का दर्द बता नहीं पाता था और केवल इसी तरह से मैं अपनी पढ़ाई को बचा सकता था, उस भविष्य को बना सकता था, जिसका सपना मेरे पिता ने मेरे लिए देखा था। लेकिन परिवार से दूर रहना जितना कष्टप्रद था, उतना ही उनको निराश करना भी बुरा होता।

मैंने अपने पिता को बताया कि मैं उनके बिना कितना अकेला था, और उन्होंने मुझे मज़बूत बने रहने का आग्रह किया।

वह मुझसे कहते, 'एडी, मैं जानता हूँ कि यह कितना कठिन है, लेकिन एक दिन तुम मुझे धन्यवाद दोगे।' मुझे बाद में मालूम हुआ कि फ़ोन पर तो वह मुझसे कठोर होकर बात करते थे, लेकिन फ़ोन रखते ही बच्चों की तरह रोने लगते थे। मुझे हिम्मत दिलाने के लिए वह बहादुरी का मुखौटा पहन लेते थे।

और, वह सही थे। मैंने उस स्कूल में जो कुछ सीखा उसके बिना भविष्य में मेरे लिए जीवन-यापन कर पाना कठिन होता।

पाँच साल गुज़र गए। अथक काम और अकेलेपन के पाँच साल।

मुझे नहीं लगता कि मैं आपको समझा पाऊँगा कि जो आप नहीं हैं उसके होने का दिखावा साढ़े तेरह साल की उम्र से अठारह के होते तक करना कितना कठिन होता है। उस राज़ को इतने लंबे समय तक ढोना एक भयानक बोझ ही था। ऐसा एक पल भी नहीं बीता जब मैंने अपने परिवार को याद नहीं किया हो, लेकिन मैं समझ चुका था कि मेरी पढ़ाई बहुत महत्त्वपूर्ण है और यही मेरे साथ रहने वाली है। इतने लंबे समय तक अपने परिवार से दूर रहना बहुत कष्टदायी था, लेकिन मुझे जो शिक्षा मिली, उससे मैंने बहुत कुछ सीखा। अपनी अप्रेन्टिसशिप के अंतिम वर्षों में मैंने एक्स-रे उपकरण बनाने वाली एक बहुत बढ़िया कंपनी में काम किया। अपनी पढ़ाई के तकनीकी और सैद्धांतिक पक्ष के अलावा, मुझसे यह साबित करने

की अपेक्षा भी की गई थी कि मैं अपने नए पेशे में कड़ी मेहनत और पूरी क्षमता के साथ काम कर सकता हूँ। वहाँ मैं पूरा दिन काम करता था और रात में स्कूल जाता था। बुधवार एकमात्र ऐसा दिन था, जब मैं काम नहीं करता था और पूरे दिन पढ़ाई कर सकता था।

अपने अकेलेपन के बावजूद मुझे अपनी पढ़ाई से प्यार था। जो शिक्षक मुझे पढ़ाते थे, वे दुनिया के सर्वश्रेष्ठ विद्वानों में शुमार थे। वे अपने उपकरण उठा लें, तो कुछ भी बना सकते थे, तकनीक के मामले में छोटे-से गियर से लेकर विशालकाय मशीन तक सबकुछ मुझे चमत्कार जैसा लगता था। तकनीक और औद्योगिक क्रांति के मामले में जर्मनी दुनिया में सबसे आगे था, जिसने लाखों लोगों की जीवन-गुणवत्ता को बेहतर बनाने का वादा किया था, और उनमें मैं काफ़ी हद तक आगे था।

वर्ष 1938 में, मेरे अठारहवें जन्मदिन के ठीक बाद, मैंने अपनी अंतिम परीक्षा दी और मुझे अपने स्कूल के वर्ष के टॉप अप्रेन्टिस के रूप में चुना गया और यूनियन में शामिल होने के लिए आमंत्रित किया गया। उस समय जर्मनी में यूनियनें वैसी नहीं होती थीं, जैसी आप आधुनिक समाज में देख रहे हैं। उनका कामकाज की परिस्थितियों या आपने कितनी कमाई की इसके संबंध में बातचीत से कोई लेना-देना नहीं होता था, उन्हें मतलब था कि आप एक प्रैक्टिसनर के रूप में क्या कर सकते हैं। उन दिनों आपको केवल तभी इसमें शामिल होने के लिए आमंत्रित किया जाता था जब आप वास्तव में कुशल पेशेवर हों, अपने व्यापार में शीर्ष पर हों। यह श्रेष्ठतम विद्वानों के एकत्र होने और विज्ञान और उद्योग को बढ़ावा देने हेतु सहयोग करने का स्थान था। यूनियन में वर्ग और संप्रदाय जैसी बातों पर ध्यान देने के बजाय काम को महत्त्व दिया जाता था। इतनी कम उम्र में यूनियन में शामिल होना मेरे लिए वास्तव में एक बड़े सम्मान की बात थी।

सम्मान समारोह में मुझे सबके सामने प्रेसिजन इंजीनियरिंग यूनियन के मास्टर के हाथों प्रशस्ति स्वीकारने के लिए बुलाया गया, जो शानदार नीले रंग का पारंपरिक लेस लगा हुआ लबादा पहने थे।

मास्टर ने घोषणा की, 'आज, हम अप्रेन्टिस वाल्टर श्लाइफ़ को जर्मनी के बेहतरीन यूनियनों में से एक में शामिल करते हैं।' मैं रोने लगा। मास्टर ने मुझे झकझोरा। 'तुम्हें क्या हो गया? यह तुम्हारे बेहतरीन दिनों में से एक है! तुम्हें तो गर्व होना चाहिए!'

लेकिन मैं शोक संतप्त था। मुझे बहुत दुःख हो रहा था कि इस अवसर पर मुझे देखने के लिए मेरे माता-पिता नहीं आ सके। मैं अपनी उपलब्धि उन्हें दिखाना चाहता था। मैं यह भी चाहता था कि मेरे मास्टर यह समझ सकें कि मैं ग़रीब अनाथ वाल्टर श्लाइफ़ नहीं, बल्कि एडी जाकु था, जिसका अपना परिवार था, जो उसे बहुत चाहता था और उसे अपने परिवार से दूर रहना बहुत सालता था।

उन वर्षों में मैंने जो ज्ञान एकत्र किया उसे संजोकर रखा है, लेकिन मुझे अपने परिवार से दूर बिताए उस दिनों के लिए हमेशा पछतावा रहेगा। सचमुच, मेरे पिता बुद्धिमान थे जब उन्होंने मुझे बताया कि 'जीवन किसी बैंक खाते से अधिक मूल्यवान है।' इस दुनिया में बहुत-सी ऐसी चीज़ें हैं, जिन्हें आप कोई भी क़ीमत देकर नहीं ख़रीद सकते और कुछ चीज़ों इतनी मूल्यवान हैं कि उनकी क़ीमत का अंदाज़ भी नहीं लगाया जा सकता। सबसे पहले परिवार, दूसरे स्थान पर परिवार और सबसे आख़िर में भी परिवार ही।

# अध्याय 2

## *कमज़ोरी नफ़रत करना सिखा सकती है*

मैंने 9 नवंबर, 1938 को अपने युवा जीवन की सबसे बड़ी ग़लती की। ग्रैजुएट होने के बाद मैंने चिकित्सा उपकरण बनाने की नौकरी शुरू कर दी और कई महीनों तक टुटलिंगन में रहा। मेरे माता-पिता के विवाह की बीसवीं सालगिरह थी और इस अवसर पर मैं उनके पास पहुँचकर सरप्राइज़ देना चाहता था। मैंने टिकट ख़रीदा और ट्रेन से नौ घंटे की उस यात्रा पर निकल पड़ा, जहाँ पर मेरा जन्म हुआ था। खिड़की से बाहर जंगल खेत गुज़रते हुए दिखाई दे रहे थे।

स्कूल की शरणस्थली में मुझे समाचार-पत्र या फिर रेडियो नहीं मिलता था। जिस देश से मैं प्यार करता था, मुझे वहाँ चल रहे घटनाक्रम या यहूदियों के विरोध में उठे तूफ़ान की जानकारी नहीं थी।

मैं घर पहुँचा तो वहाँ अंधेरा छाया हुआ था, ताला लगा था। मेरा परिवार ग़ायब था। मुझे नहीं पता था कि वे लोग इस भरोसे में कहीं जाकर छिप गए थे कि मैं बहुत दूर और सुरक्षित हूँ।

मेरे पास घर की चाबियाँ थीं, वरना मुझे रात को गटर में सोना पड़ता। मैंने घर का दरवाज़ा खोला और वहाँ पर मुझे अपनी डैक्सहोंड लुलु दिखाई दी। वह तुरंत उछल पड़ी और मेरे पैर चाटने लगी। वह खुश थी, और मैं भी।

मुझे अपने परिवार की चिंता सता रही थी। वे आधी रात को कहाँ गए होंगे, इस पर सोच-विचार का कोई अर्थ नहीं था। मैं बहुत थका हुआ था और अपने बचपन के बिस्तर को पाँच साल बाद देख पा रहा था। मुझे नहीं लगता था कि मेरे साथ यहाँ कुछ बुरा होगा। दूर कहीं सड़क से आ रही आवाज़ें सुनते हुए मैं बिस्तर पर पड़ा रहा। शहर भर में क्या चल रहा था - उपासना-गृह जल रहे थे - मुझे इन सब बातों के बारे में कुछ पता नहीं था, अंततः थक कर मैं सो गया।

सुबह पाँच बजे दरवाज़े को ज़ोर-ज़ोर से पीटने की आवाज़ से मेरी नींद खुल गई। दस नाज़ी दरवाज़ा तोड़कर भीतर घुसे और उन्होंने मुझे मेरे बिस्तर से घसीटा, मैं कसम खाकर कहता हूँ कि उन्होंने मुझे मरते दम तक पीटा। मेरा पायजामा खून से लथपथ हो गया। उनमें से एक ने अपनी संगीन निकाली, मेरी आस्तीन फाड़ी और मेरी बाँह पर एक स्वास्तिक का निशान उकेरने लगा। जैसे ही उसने काटना शुरू किया, मेरे छोटे-से कुत्ते ने उस पर छलांग लगाई। मुझे पता नहीं कि लुलु ने उसे काटा या सिर्फ नोंचा, लेकिन फिर नाज़ी ने मुझे तो छोड़ दिया पर मेरे कुत्ते को अपनी राइफ़ल के पिछले हिस्से से पीट-पीट कर मार डाला, वह चीख़ रहा था, 'यहूदी कुत्ता!'

मैंने सोचा, एडी, यह तुम्हारा आख़री दिन है। आज तो तुमको मरना है। लेकिन वे लोग मुझे मारने के लिए नहीं आए थे, बस मार-पीट करने और अपमानित करने के मक़सद से आए थे। इस हमले के बाद वे मुझे सड़क तक घसीट कर लाए और उन्होंने मुझे हमारे दो सौ साल पुराने घर की बरबादी का गवाह बनाया, वह घर जिसे हमारी कई पीढ़ियों ने खड़ा किया था। उसी क्षण मैंने अपनी गरिमा, अपनी स्वतंत्रता और मानवता के प्रति अपना विश्वास खो दिया। मैंने वह सब कुछ खो दिया, जिसके लिए मैं जीया था। मेरा अस्तित्व ही समाप्त हो गया था।

वह रात अब यहूदी स्वामित्व वाले घरों, दुकानों और आराधना-गृहों को भूरी वर्दियों वाले, नाज़ी अर्धसैनिक बल द्वारा लूटे और नष्ट किए जाने के बाद सड़कों पर बिखरी किर्चियों-ठीकरों के कारण *क्रिस्तालनाख़्त* द नाइट ऑफ़ ब्रोकन ग्लास के नाम से कुख्यात है। जर्मन अधिकारियों ने इसे रोकने के लिए कुछ नहीं किया।

उस रात, सभ्य जर्मनों द्वारा लीपज़िग में, पूरे देश में अत्याचार किए जा रहे थे। मेरे शहर में लगभग हर यहूदी घर और व्यवसाय को तहस-नहस कर दिया गया, जला दिया गया, हमारे आराधना स्थलों को भी नष्ट कर दिया गया। हमारे लोगों को भी नुक़सान पहुँचाया गया।

ऐसा नहीं था कि सिर्फ़ नाज़ी सैनिक और फासीवादी लुटेरे ही हमारे ख़िलाफ़ खड़े थे, आम नागरिक, मेरे पैदा होने से पहले के हमारे मित्र और पड़ोसी भी इस मार-काट और लूटपाट में शामिल हो गए थे। जब भीड़ ने तमाम संपत्ति को नष्ट कर दिया, इसके बाद उन्होंने यहूदियों को घेर कर उस नदी में फेंकना शुरू कर दिया, जिसमें मैं बचपन में स्केटिंग किया करता था। कई बच्चों को भी फेंक दिया गया। नदी में बर्फ़ की पतली परत थी और पानी जमा हुआ था। जिन स्त्री-पुरुषों के साथ मैं बड़ा हुआ, वे नदी किनारे खड़े होकर जीवन के लिए संघर्ष कर रहे लोगों का मज़ाक़ उड़ा रहे थे, उन पर थूक रहे थे।

'गोली मार दो उन्हें!' वे चीख़ रहे थे, 'यहूदी कुत्तों को गोली मारो!'

मेरे जर्मन दोस्तों को क्या हो गया था कि वे हत्यारे बन गए? कोई मित्र से दुश्मन भला कैसे बन सकता है, इतनी नफ़रत कैसे पैदा हो सकती है? वह ज़र्मनी कहाँ था, जिसका हिस्सा होने पर मुझे इतना गर्व था, वह देश जिसमें मैं पैदा हुआ था, मेरे पूर्वजों का देश? एक दिन पहले तक हम दोस्त, पड़ोसी, सहकर्मी थे, और अगले ही दिन हमें बताया गया कि हम दुश्मन थे।

जब मैं उन जर्मनों के बारे में सोचता हूँ जो हमारी पीड़ा से आनंदित हो रहे थे, तो मैं उनसे पूछना चाहता हूँ, 'क्या आपके पास आत्मा है? आपके पास दिल है भी या नहीं?' यह पागलपन था, सही अर्थों में, अन्यथा सभ्य लोग सही-ग़लत में अंतर करने की क्षमता नहीं खो बैठते। उन्होंने भयंकर अत्याचार किए, और इससे भी बुरी बात यह कि उन्होंने इसका आनंद उठाया। वे सोच रहे थे कि वे सही कर रहे हैं। और यहाँ कि जो लोग अपने आपको मूर्ख नहीं बना सके हम यहूदी उनके दुश्मन थे, उन्होंने भी उन्मादी भीड़ को रोकने की कोशिश नहीं की।

यदि कुछ लोग भी *क्रिस्तालनाख़* के ख़िलाफ़ खड़े हो जाते और बोलते, 'रोको, बहुत हुआ। तुम लोग ये क्या कर रहे हो? आख़िर तुम लोगों को हो क्या गया है?' तो, आज इतिहास कुछ और होता। लेकिन उन्होंने ऐसा नहीं किया। वे डरे हुए थे। वे कमज़ोर थे। और अपनी कमज़ोरी के कारण ही वे नफ़रत को स्वीकार कर सके। जब उन्होंने मुझे मेरे शहर से दूर ले जाने के लिए ट्रक में लादा, तो मेरे चेहरे पर ख़ून और आँसुओं की धार बह रही थी, अब मुझे अपने जर्मन होने पर गर्व नहीं था। फिर कभी नहीं होगा।

# अध्याय 3

## *कल तभी आएगा, जब आप आज जीवित रहेंगे। सावधानी से आगे बढ़ते रहें*

ट्रक मुझे चिड़ियाघर ले गया, जहाँ मुझे अन्य युवा यहूदी पुरुषों के साथ एक हैंगर में रखा गया। जब मैं पहुँचा, तो वहाँ पहले से ही 30 के आसपास लोग मौजूद थे। पूरी रात ये लुटेरे और लोगों को घसीट-घसीट कर लाते रहे और जब हमारी गिनती 150 हो गई, तो हमें दूसरे ट्रक में लाद दिया गया। जब हम ट्रक में सवार होकर निकले तो एक व्यक्ति ने मुझे *क्रिस्तालनाख़* के बारे में बताया, लूटपाट और आराधना-गृहों को जलाए जाने की जानकारी दी गई। मुझे सदमा लगा, मैं अपने परिवार का विचार कर डर गया। उस समय हममें से किसी ने भी नहीं सोचा था कि ये तो भयावह अनुभव की शुरुआत भर है। ट्रक के शहर छोड़ते ही, आगे बहुत और बहुत बुरा होना था। हमें बूकनवाल्ड कॉन्सन्ट्रेशन कैंप में ले जाया गया।

नाज़ी लुटेरों ने मेरी जम कर पिटाई की थी और जब मैं बूकनवाल्ड पहुँचा, तो मुझे ज़ख्मी और ख़ून से लथपथ देखकर वहाँ का कमांडर घबरा गया और अपने गाड्र्स से मुझे 38 किलोमीटर दूर नज़दीकी अस्पताल ले जाने के लिए कहा। वहाँ मुझे दो दिनों लिए छोड़ दिया गया, कोई निगरानी नहीं थी। यहाँ जर्मन नर्सों ने मेरी सेवा की और मेरे घाव ठीक हो गए। मैंने उनमें से एक नर्स से पूछा कि क्या हो यदि मैं यहाँ से भाग जाऊँ और उसने मेरी तरफ़ उदास नज़रों से देखा।

उसने मुझसे पूछा, 'तुम्हारे माता-पिता हैं?'

'बेशक।'

'यदि तुम यहाँ से भागने की कोशिश करोगे, वे तुम्हारे यहाँ से निकलने के पंद्रह मिनट के अंदर तुम्हारे माता-पिता को खोज कर फाँसी पर लटका देंगे।'

इतना सुनते ही मैंने अपने दिमाग़ से भागने का विचार निकाल दिया। मुझे क़तई अंदाज़ नहीं था कि मेरे माता-पिता के साथ क्या हुआ होगा - क्या वे नाज़ियों से पहुँचने से पहले लीपज़िग छोड़ चुके थे? क्या वे अपने रिश्तेदारों-दोस्तों के साथ

सुरक्षित थे? या फिर नाज़ियों ने उन्हें पकड़ लिया? क्या उन्हें जर्मनी से बाहर कहीं जेल में डाल दिया गया है? मुझे कुछ भी पता नहीं था। डर और चिंता ने मुझे बुरी तरह घेर रखा था। जब मैं ठीक हो गया, मेरी मौत का ख़तरा टल गया, तो अस्पताल वालों ने बूकनवाल्ड कैंप को सूचना दे दी और नाज़ी गार्ड मुझे लेने के लिए आ गए।

कैंप पहुँचकर मैंने राहत की सांस ली। मुझे चिकित्सा सुविधाएँ दी गईं और मेरे आसपास कुछ अन्य जर्मन लोग थे, जिनमें से अधिकतर सभ्य, मध्यम वर्ग के पेशेवर थे। कुछ क़ैदियों के साथ मेरी दोस्ती भी हो गई। मेरा सबसे अच्छा दोस्त बर्लिन का एक युवा जर्मन यहूदी कर्ट हिर्सफ़ेल्ड था, जिसे *क्रिस्तालनाख़्त* में गिरफ़्तार किया गया था। यह सब देखते हुए मुझे ऐसा लगा कि मैं सुरक्षित हूँ। पर मैं कितना ग़लत था।

बूकनवाल्ड, जर्मनी की सीमाओं के भीतर बना सबसे बड़ा कॉन्सन्ट्रेशन कैंप था। यह आसपास फैले बीच फ़ॉरेस्ट के कारण मशहूर था, लेकिन अब यह वहाँ अत्याचार झेल रहे क़ैदियों की चीख़-पुकार के लिए सिंगिंग फ़ॉरेस्ट के रूप में जाना जाने लगा।

यहाँ आने वाला पहला समूह उन अनचाहे कम्युनिस्ट का था, जिन्हें नाज़ी वर्ष 1937 में लेकर आए, इसके बाद उन राजनीतिक क़ैदियों, गुलामों, फ़्रीमेसन्स और यहूदियों को लाया गया, जिन्हें नाज़ी, इंसान नहीं समझते थे।

जब हमें वहाँ पहुँचाया गया, तो इतनी बड़ी संख्या में वहाँ लोगों को रखने की व्यवस्था नहीं थी। ना वहाँ इतने शयन-कक्ष थे, ना बैरक ही तैयार थे, इसलिए हम लोगों को एक बड़े-से टेंट में ठूंस दिया गया और जब तक हमारे लिए कोई नई व्यवस्था होती, हम सब वहीं सोते थे। एक समय में वहाँ 80 घोड़ों के लिए बने अस्तबल में 1200 चेक लोगों को रखा गया था। एक चारपाई पर, एक ही बिस्तर में पाँच-पाँच लोग एक सात ऐसे सोते थे जैसे सार्डिन मछलियां किसी कैन में रख दी जाती हैं। हालात इतने ख़राब थे कि भुखमरी और बीमारियां तो होनी ही थीं।

इतिहास में थर्ड राइस के कॉन्सन्ट्रेशन कैंप की भयावहता दर्ज है और भूख और अमानवीय यातना से उत्पीड़ित यहूदियों के चित्र भी सर्वविदित हैं। लेकिन जब मैं वहाँ पहुँचा तो मेरे सामने यह सब आना बाक़ी था। शुरुआत में तो हमें अपने बंदीकर्ताओं की ताक़त का अंदाज़ ही नहीं था। इसकी कल्पना कोई कर भी कैसे सकता था?

हम समझ ही नहीं पा रहे थे कि आख़िर हमें इकट्ठा करके क़ैद में क्यों रखा गया है। हम अपराधी नहीं थे। हम मेहनती और अच्छे सामान्य जर्मन नागरिक थे जो नौकरी करते थे, अपने देश, अपने परिवार और पालतू जानवरों से भी प्रेम करते थे। हम अपने पहनावे और समाज में हासिल स्थान पर गर्व करते थे। साहित्य-संगीत, अच्छी शराब और तीन समय के भोजन का आनंद उठा रहे थे।

अब, हमें खाने में एक कटोरी चावल और स्ट्यू किया गया माँस दिया जाता था। आप जानते ही हैं कि महत्त्वपूर्ण राजनीतिक बंदियों को भारी जंज़ीरों-बेड़ियों में जकड़ कर रखा जाता था। ये जंज़ीरें इतनी छोटी और भारी होती थीं कि खाना खाते के लिए वे ना तो ठीक से खड़े हो पाते थे, ना ही अपनी थाली को ठीक तरह से पकड़ पाते थे। हमें चम्मच नहीं मिलती थीं, तो हाथ से ही खाना पड़ता था। यदि वहाँ गंदगी नहीं होती, तो इसमें भी कोई बुराई नहीं होती। हमारे पास टॉयलेट पेपर नहीं रहते थे तो जो चिथड़ा मिल जाए उसी से पिछवाड़े की सफ़ाई करनी पड़ती थी, या फिर अपने हाथ से ही। व्यवस्थित शौचालय भी नहीं था। शौचालय के नाम पर एक बहुत बड़ा गड्ढा था, खाईनुमा, और पच्चीस पुरुषों के एकसाथ, एक ही समय में वहाँ जाने की मजबूरी थी। पच्चीस लोग-डॉक्टर, वकील और शिक्षाविद-मानव मल से भरे हुए गड्ढे के ऊपर रखे गए दो काठ के तख़्तों पर संतुलन साधकर हुए निवृत्त होने के लिए जाते हुए - क्या आप उस दृश्य की कल्पना कर सकते हैं?

मेरे मित्र, कैसे समझाऊँ कि यह सब मेरे लिए कितना विचित्र और भयानक था? मैं तो समझ ही नहीं पा रहा था कि आख़िर हो क्या गया। नहीं, वास्तव में अभी-भी मुझे समझ में नहीं आया है। और मुझे नहीं लगता कि मैं कभी-भी समझ पाऊँगा।

हम एक ऐसा राष्ट्र थे, जिसके लिए नियम-क़ानून सर्वोपरि था, एक ऐसा देश जिसके नागरिक सड़कों पर कूड़ा नहीं डालते थे, क्योंकि इससे दूसरों को असुविधा हो सकती थी। अपनी कार की खिड़की से सिगरेट की टुकड़ा फेंकने के लिए आप पर 200 मार्क का जुर्माना लगाया जा सकता था। और अब उसी देश में लोगों द्वारा हमारी पिटाई स्वीकार्य थी और इस कृत्य को प्रोत्साहित भी किया जा रहा था। हमें मामूली ग़लतियों के लिए पीटा जाता था। एक सुबह मैं क़ैदियों की गिनती की घंटी बजने के बाद तक सोता रह गया तो मुझे कोड़ों से मारा गया। दूसरी बार, शर्ट का बटन खुला रह जाने पर रबर के डंडे से पीटा गया।

नाज़ी हर सुबह कोई न कोई ख़तरनाक खेल खेलते थे। वे गेट खोल देते और दो सौ, तीन सौ लोगों को बाहर निकलने के लिए कहते। लोग जब 30 या 40 मीटर तक पहुँच जाते, तो उन पर जानवरों की तरह मशीनगन चलाई जाती। शवों से कपड़े उतार लिए जाते, उन्हें थैलों में भरा जाता और एक पत्र में यह लिखकर उनके घरों को भेज दिया जाता, 'आपके पति/भाई/पुत्र ने भागने की कोशिश की और इस दौरान उनकी मृत्यु हो गई।' पीठ पर बुलेट का निशान इसका सबूत होता था। इस तरह से इन कमीनों ने बूकनवाल्ड में जनसंख्या नियंत्रण का काम किया।

एकीकृत जर्मनी के पहले चांसलर ओटो फोन बिस्मार्क ने दुनिया के जर्मन लोगों से सावधान रहने की चेतावनी दी थी। एक अच्छे लीडर के नेतृत्व में वे इस

धरती के सर्वश्रेष्ठ राष्ट्र थे, बुरे नेतृत्व में किसी राक्षस से कम नहीं। हमें सताने वाले गार्ड के लिए व्यावहारिक समझ से अधिक ज़रूरी अनुशासन था। यदि सैनिक से कहा जाए कि कूच करो, तो वे चल पड़ेंगे। यदि उनसे कहा जाएगा कि किसी की पीठ पर गोली मारो, तो वे मार देंगे – यह कभी नहीं सोचेंगे कि यह सही है या ग़लत। जर्मनों ने तर्क को धर्म माना और इसने उन्हें हत्यारों में बदल दिया।

बूकनवाल्ड में कई लोगों ने मौत को जीवन के बेहतर विकल्प के रूप में देखा। मैं एक ऐसे डेन्टिस्ट को जानता था – डॉ. कोहेन – उसे एसएस ने इतनी बुरी तरह से पीटा था कि उसकी आँतें फट गईं थीं, और वह धीरे-धीरे मौत की तरफ़ बढ़ने लगा, दर्दनाक मौत। स्मगल की हुई रेज़र ब्लेड पाने के लिए उसने अपने सप्ताह-भर की मज़दूरी से कमाए 50 मार्क्स एक आदमी को दिए। वह आदमी विज्ञान का जानकार था, उसने हिसाब लगाया कि मरने के लिए उसे किन धमनियों को काटने की ज़रूरत है, और कितनी देर में उसकी मौत हो सकती है। उसने शौचालय में बिलकुल सही समय पर ठीक बीचों-बीच बैठने की योजना बनाई ताकि गार्ड को उस तक पहुँचने में सत्रह मिनट का समय लगे और उसके हिसाब से इतने समय में उसके शरीर से इतना रक्तस्राव हो जाएगा कि उसकी मौत हो सके। और इसके बाद वह शौचालय में गिर जाएगा और उसे बाहर निकालना संभव नहीं होगा। अन्यथा, जीवित बचे रहने पर वे लोग उसे शौचालय से बाहर निकालते, साफ़ करते, टाँके लगाते और फिर यह कहते हुए सज़ा देते, 'तुम तभी मरोगे, जब हम चाहेंगे, उससे पहले नहीं।' यह बेचारा अपने मनहूस मिशन में कामयाब हुआ – वह अपनी शर्तों पर नाज़ियों के चंगुल बच निकला।

यह जर्मनी था, 1938 का – पूरी तरह से बदला हुआ, कोई नैतिकता नहीं, कोई सम्मान नहीं, कोई मानवीय शालीनता नहीं। लेकिन सभी जर्मन अकारण ऐसे नहीं बने थे।

बूकनवाल्ड आने के बाद मैंने जिन शुरुआती नाज़ी सैनिकों को देखा, उनमें से एक चेहरा मेरा जाना-पहचाना था, इंजीनियरिंग की पढ़ाई करते समय वह मेरे बोर्डिंग हाउस में था। उसका नाम हेल्मुट होर था और वह मेरे साथ हमेशा ही अच्छा बर्ताव करता था, तब से जब मैं वाल्टर श्लाइफ़ बनकर रह रहा था।

'वाल्टर!' उसने पूछा, 'तुम यहाँ क्या कर रहे हो?'

'मैं वाल्टर नहीं हूँ,' मैंने उसे बताया, 'मैं एडी हूँ।'

मैंने उसके जूतों पर थूक दिया, उसे बताया कि उसे देखकर मैं कितना स्तंभित था। मैंने अपनी असलियत बताई। और यह भी कहा कि मैं इस आदमी पर भरोसा

नहीं कर पा रहा हूँ, जो एक समय में मेरा मित्र था, एक अच्छा आदमी था और आज वह एसएस का गार्ड है।

बेचारा हेल्मुट - वह नहीं जानता था कि मैं यहूदी हूँ। मैंने पहले कभी किसी को इतना भ्रमित और घबराया हुआ नहीं देखा था। उसने मुझसे कहा कि वह मेरी मदद करना चाहता है, हालाँकि वह मुझे भागने नहीं दे सकता, लेकिन वह जो कुछ कर सकता था, अवश्य करेगा। वह कैंप के कमांडर के पास गया, और उससे कहा कि मैं एक अच्छा आदमी हूँ, और बहुत अच्छा टूलमेकर भी हूँ। नाज़ियों को उपकरण बनाने वाले लोगों की आवश्यकता थी।

थर्ड राइस डेर टोटाले क्रीग की तैयारियाँ कर रहा था, यानी पूरी दुनिया के ख़िलाफ टोटल वार। इसमें सैनिक और नागरिक, दोषी और निर्दोष, सेना और उद्योग के बीच कोई अंतर नहीं रहता। जर्मन समाज को युद्ध के हथियार बनाने के लिए पूरी तरह से पुनर्गठित किया जा रहा था, इसलिए जिस किसी के पास मशीनरी या निर्माण में कोई विशेषज्ञता थी, वह युद्ध की एक संभावित संपत्ति थी। हेल्मुट से बात होने के कुछ ही समय बाद मुझे कमांडर के कार्यालय में बुलाया गया। उन्होंने मुझसे पूछा कि क्या मैं उनके लिए काम करना चाहता हूँ।

'हाँ।'

'जीवन पर्यंत?'

'हाँ।'

हाँ कहने में भला क्या ख़र्च होता है। यहूदी बलि का बकरा बन गए थे, जैसा कि वे सदियों से बार-बार बनते रहे थे, लेकिन *थर्ड राइस* में उत्पादकता और पैसे की भूख ने अब भी नफ़रत के पागलपन को क़ाबू कर रखा था। हम क़ैद में थे, थे, लेकिन अगर जर्मन राज्य हमसे पैसा कमा सकता था, तब तो हम उनके लिए उपयोगी ही थे।

उन्होंने मुझसे नौकरी के अनुबंध पर हस्ताक्षर करवाए और मुझसे यह कहलवाया गया कि उन्होंने मेरी बहुत अच्छे से देखभाल की, उन्होंने मुझे भरपेट खाना दिया और कैंप में मेरा समय आराम से कटा और उसके बाद उन्होंने मेरे तबादले की योजना बनाई। हमारे बीच हुए समझौते के अनुसार उन्होंने मेरे पिता को मुझे बूकनवाल्ड से घर ले जाने की अनुमति दी ताकि मैं अपनी माँ के साथ कुछ घंटे बिता सकूँ और उसके बाद मुझे फ़ैक्ट्री में ले जाया जाना था, जहाँ वे मुझसे मरते दम तक काम करवाने वाले थे। *क्रिस्तालनाख़्त* के बाद पिता और मेरा परिवार लीपज़िग लौट आए, और धैर्यपूर्वक समय के बेहतर होने की प्रतीक्षा कर रहे थे। हालाँकि वे जर्मनी से दूर चले जाना चाहते थे, लेकिन उन्होंने मुझे अकेला नहीं छोड़ा।

मुझे आज़ाद होने का मौक़ा मिलने पर मेरे पिता की खुशी का ठिकाना नहीं था। 2 मई, 1939 की सुबह 7 बजे मुझे लेने के लिए मेरे पिता किराये की कार लेकर आए। इस तरह, छह महीने गुज़ार कर मैंने बूकनवाल्ड छोड़ दिया।

मेरे मित्र, इस जगह को छोड़ने में मुझे कितनी खुशी हो रही थी, क्या तुम इसकी कल्पना कर सकते हो? मेरे पिता का बूकनवाल्ड के गेट तक आना, और मुझे गले से लगाना? टैक्सी की पैसेंजर साइड में बैठकर आज़ादी के सफ़र पर निकल पड़ना? आज़ादी और उत्पीड़न के अंत का अहसास - यह स्वर्गानुभूति थी।

आगे कई वर्षों तक मैं यह अहसास याद रखूँगा और अपने आपको याद दिलाता रहूँगा कि यदि मैं एक और दिन, एक और घंटा, एक और मिनट जी सकता हूँ, तो दर्द भी ख़त्म होगा और कल भी आएगा।

# अध्याय 4

## *आप हर जगह नेकी पा सकते हैं, यहाँ तक कि अजनबियों से भी*

मेरे पिता से मुझे डेसाउ की एयरोनॉटिकल फ़ैक्ट्री में ले जाने के लिए कहा गया था, जहाँ मुझे एक टूलमेकर के रूप में काम करना था। लेकिन वहाँ जाने के बजाय पिता ने कार दूसरी ओर घुमाई और सीधे सीमा की तरफ़ निकल गए। हम देश से भाग जाना चाहते थे - ये हमारे लिए एक मौक़ा हो सकता था। मेरी माँ और बहन अभी-भी लीपज़िग में ही थीं, वे हमारे पीछे-पीछे आतीं और हम सब बेल्जियम में एकसाथ मिलते।

हमारे पास बिलकुल भी सामान नहीं था और पैसे भी थोड़े-से ही थे, क्योंकि यदि जर्मन हमारी कार की तलाशी लेते और यह पाते कि हम किसी यात्रा पर निकले हुए हैं, तो बहुत बड़ा जोखिम होता। हम आख़ेन की सीमा से लगे शहर तक पहुँचे, यहाँ एक होटल में हमारी मुलाक़ात लोगों की तस्करी करने वाले एक व्यक्ति से हुई जिसे हमने जर्मनी से बेल्जियम तक पहुँचाने के लिए पैसे दिए। हमने किराये की कार यहीं छोड़ दी और बचकर भाग रहे लोगों की तस्करी करने वाले की गाड़ी में उनके साथ हो लिए। हम सीमा के एक सुनसान और कम आबादी वाले इलाक़े में पहुँचना चाहते थे, इसलिए जंगल से लगी हुई अंधेरी सड़क पर सारी रात चलते रहे। तस्कर ने हमसे वादा किया था कि वह हमें बेल्जियम पहुँचा देगा, लेकिन वह हमें नीदरलैंड्स ले गया, जहाँ सड़क के किनारे अंधेरे में हमें सात और शरणार्थियों मिले। सड़कें बहुत शानदार थीं - चौड़ी-सपाट और साथ-साथ चल रही खाई से डेढ़ मीटर ऊँची। हम भागने का मौक़ा तलाशते हुए इस खाई में छिप गए। तस्कर ने हमें चेतावनी दी कि जल्दी ही पीछे की तरफ़ सर्च लाइट लगा हुआ एक ट्रक यहाँ से गुज़रेगा। हमें इस ट्रक के गुज़रने तक प्रतीक्षा करनी थी, और इसके पहले कि सर्चलाइट वापस घूमकर हमें खोज ले, पूरा दम लगाकर भागना था। सीमा पार करते ही हमें जितनी जल्दी हो सके नीदरलैंड से दस किलोमीटर आगे निकलना होगा।

उसके बाद, क़ानूनी तौर पर हम बेल्जियम में होंगे जहाँ नाज़ी शासन हमें नहीं पकड़ सकता था। कई यहूदी जो नीदरलैंड्स भाग गए थे, बाद में जर्मनी लौट आए, जबकि बेल्जियम, जर्मनी और उत्पीड़न से बच कर भाग रहे अधिकाधिक शरणार्थियों को अपने यहाँ पनाह दे रहा था।

मैं बहुत घबराया हुआ था, पसीने छूट रहे थे और मुझे इस बात की चिंता सता रही थी कि हम बच नहीं पाएँगे, जबकि मेरे पिता निश्चिंत थे। उन्होंने मुझसे अपने पास रहने के लिए कहा, ताकि यदि कोई गड़बड़ होती है तो वो मुझे जकड़ कर रखेंगे। जैसा कि बताया गया था, ट्रक गड़-गड़ाहट के साथ पहुँचा। लाइट से मेरी आँखें चौंधिया गईं, लेकिन मैंने महसूस किया कि एक हाथ ने पीछे से मेरे बेल्ट को कसकर थाम रखा है। मैंने अपने आपको समझाया, यह मेरे पिता हैं, जिन्हें हड़बड़ी में मुझे खो देने का डर था। हमने प्रतीक्षा की और ट्रक के गुज़रने के कुछ सेकेंड बाद मैंने लोगों के साथ दौड़ना शुरू कर दिया और सर्चलाइट के लौटने से पहले बेल्जियम साइड की तरफ़ बनी खाई तक सुरक्षित पहुँच गए। मैं यह देखकर दहल गया कि मेरे बेल्ट को थामने वाला हाथ मेरे पिता का नहीं, बल्कि समूह की किसी महिला का था। मेरे पिता पीछे थे। वह एक महिला की मदद करने के लिए रुक गए थे और सड़क के बीच तक ही पहुँच पाए थे कि सर्चलाइट लौट आई और उन पर पड़ गई। उन्हें अगले ही क्षण में नीदरलैंड्स वापस लौटकर बेल्जियम के लिए संभावित अगली दौड़ की प्रतीक्षा करने का निर्णय लेना पड़ा। जो लोग बच निकले थे उन्हें वह जोखिम में नहीं डालना चाहते थे, उन्होंने वापस लौटने का बहादुरी भरा निर्णय लिया और नीदरलैंड्स में ग़ायब हो गए।

मैं बहुत चिंतित था, लेकिन कोई विकल्प भी नहीं था। मुझे आगे बढ़ते जाना था। हमने योजना बना रखी थी कि अगर हम बिछड़ गए, तो बेल्जियम के एक छोटे-से गाँव वर्वियर्स के होटल में मिलेंगे। मैंने वहाँ पहुँचकर अपने पिता के लौटने का पूरा दिन, पूरी रात बेताबी से इंतज़ार किया। जब वह लौटे तो बुरी तरह से घायल थे।

उन्हें जेंडरमेरी (बेल्जियम की पुलिस) ने फिर से सीमा पार करने की कोशिश करते हुए पकड़ा था और जमकर पिटाई की। पिता के पास बहुत कम पैसे थे, लेकिन उन्होंने पुलिस को प्रस्ताव दिया कि यदि वे उन्हें जाने देंगे तो वह अपने प्लैटिनम के कफ़लिंक्स देने को तैयार हैं। चीफ़ ने कफ़लिंक्स देखे और कहा ये प्लेटिनम के नहीं हैं, केवल इनेमल चढ़ा हुआ है। और फिर उन्हें गेस्टापो (नाज़ी पार्टी की खुफ़िया पुलिस) को सौंप दिया। वहाँ से छूटने के बाद उन्हें कैंप को वापस जाने वाली एक ट्रेन में हिरासत में रखा गया था। उन्होंने ट्रेन को रोकने के लिए इमरजेंसी ब्रेक खींचा और बच निकले। उस रात वह सीमा पार करने में सफल रहे और हम होटल में दोबारा मिल गए।

अगली सुबह हम ब्रसेल्स पहुँचे, जहाँ मेरे परिवार ने शहर के बीचों-बीच एक अपार्टमेंट किराए पर ले रखा था। यह बहुत अच्छा अपार्टमेंट था, आरामदायक, इसमें मेरी माँ और बहन दोनों के लिए पर्याप्त जगह थी। लेकिन वे नहीं आईं। उन दोनों को भी हमारी ही तरह मिल कर सीमा पार करनी थी, लेकिन उन्हें गिरफ़्तार कर लीपज़िग में बंदी बना लिया गया था। जब हमने उनसे बात करने के लिए फ़ोन किया तो गेस्टापो ने उत्तर दिया। उन्होंने मुझसे कहा कि यदि मैं तुरंत वापस नहीं आता हूँ तो वे मेरी माँ को मार डालेंगे।

अब क्या किया जाए? मैं अपनी माँ को अकेले कैसे छोड़ सकता था? मैं उसे इतने बड़े ख़तरे में कैसे डाल सकता था? मैंने उनसे कहा कि क्या मैं अपनी माँ से एक मिनट के लिए बात कर सकता हूँ, और अगले ही पल माँ फ़ोन लाइन पर आ गईं, वह रोने लगीं और बोलीं, 'वापस मत आना! ये लोग जाल बिछा रहे हैं! ये तुम्हें मार डालेंगे!' और फिर फ़ोन लाइन कट गई।

मुझे बाद में पता चला कि उस गेस्टापो ऑफ़िसर ने मेरी माँ से फ़ोन छीन लिया और उस बेचारी के मुंह पर दे मारा। माँ के गालों की हड्डी चूर-चूर हो गई। वह कभी ठीक नहीं हो पाई और उसे जीवन-भर सिकुड़े हुए दोषपूर्ण चेहरे के साथ रहना पड़ा। वह अपना चेहरा हमेशा ढांक कर रखती थीं।

मैंने जो भयावहता महसूस की, क्या आप उसकी कल्पना कर सकते हैं? क्रोध और दहशत से भरा हुआ मैं तुरंत जर्मनी लौटने को तैयार था। मैं अपनी माँ को परेशानी में नहीं डालना चाहता था और लौटने पर अड़ा हुआ था। पिता मेरे लौटने का विरोध कर रहे थे और इस बात पर हम बुरी तरह से लड़ पड़े। वे आशंकित थे कि यदि मैंने समर्पण कर दिया, तो जल्दी ही मेरी मौत तय है।

'तुम नहीं जाओगे!' उनकी आँखों में आँसू थे, 'मैं तुम्हें भी खोना नहीं चाहता।'

माँ तीन महीने तक जेल में रहने के बाद अंततः अपनी और मेरी बहन की रिहाई की बातचीत करने में कामयाब रहीं। जैसे ही वह बाहर निकलीं, मेरी बहन को साथ लेकर आख़ने यानी बेल्जियम की सीमा पर पहुँच गईं, यहाँ पर उनकी मुलाक़ात उसी स्मगलर से हुई, जिसने मुझे और मेरे पिता को सीमा पार पहुँचाया था।

हम सभी को ब्रसेल्स में फिर से मिलना था।

लेकिन जब तक वह पहुँचतीं, मैं वहाँ से निकल चुका था।

दो सप्ताह।

बेल्जियन जेंडरमेरी द्वारा गिरफ़्तार किए जाने से पहले मैं केवल दो सप्ताह आज़ाद रहा। इस बार एक यहूदी के रूप में नहीं, बल्कि एक जर्मन के रूप में, जिसने अवैध रूप से सीमा पार की थी। मेरे लिए यह अविश्वसनीय था कि जर्मनी में मैं जर्मन नहीं, यहूदी था। बेल्जियम में मैं यहूदी नहीं, बल्कि जर्मन था। मुझे गिरफ़्तार कर लिया गया और 4000 अन्य जर्मनों के साथ एक्सार्डे शरणार्थी शिविर में डाल दिया गया।

इस बार, मैं सभी तरह के जर्मनों से घिरा हुआ था, उनमें से अधिकांश हिटलर की जर्मनी के समाजवादी, कम्युनिस्ट, समलैंगिक, विकलांग शरणार्थी थे। यहाँ की परिस्थिति भले ही सुखद नहीं हों, पर बूकनवाल्ड की क्रूरता और उत्पीड़न की तुलना में सभ्य थीं। हमें कुछ आज़ादी मिली हुई थी। यदि हम निर्धारित समय पर लौट आएँ तो शिविर के आसपास दस किलोमीटर दूर तक घूम-फिर सकते थे। हमारे पास अपने बिस्तर थे, और एक दिन में तीन बार भोजन मिलता था - प्रत्येक सुबह मार्मलेड और शहद के साथ ब्रेड और मार्जरीन मिल जाता था। उन्होंने हमें अच्छी तरह से खिलाया, और यहाँ एक बेहतर जीवन जीना संभव था। दुःखद बात यह थी कि मैं किसी भी तरह से अपने परिवार से संपर्क नहीं कर पा रहा था। वे बेल्जियम में थे, लेकिन अधिकारियों को उनकी लोकेशन की जानकारी दिए बिना उनसे संपर्क कर पाना असंभव था।

मैंने अपने मामले की पैरवी करते हुए बेल्जियम सरकार को एक आवेदन दिया, 'मुझे समझ में नहीं आ रहा है कि आप मुझे सिर्फ़ जर्मन होने के नाते कैंप में क्यों रख रहे हैं। मैं नाज़ियों के साथ नहीं हूँ, मैंने कभी-भी नाज़ियों के साथ सहयोग नहीं किया, उलट मैं अपनी फ्रेंच भाषा को सुधारने के लिए आपकी अनुमति चाहता हूँ। मैं आपके देश के नौजवानों को मैकेनिकल इंजीनियरिंग पढ़ाना चाहता हूँ।' उन्होंने मेरा आवेदन स्वीकार कर लिया और मुझे एक पहचान-पत्र दिया, जिससे मुझे शिविर से लगभग 20 किलोमीटर दूर बेल्जियम के फ़्लेमिश क्षेत्र के एक ख़ूबसूरत पुराने शहर गेन्ट तक हर दिन ट्रेन से जाने की अनुमति मिल गई। हर दिन सुबह 7 बजे मुझे पुलिस स्टेशन तक चल कर जाना पड़ता था, अपनी पहचान के काग़ज़ात पर ठप्पा लगवाना पड़ता था और फिर पढ़ाने के लिए यूनिवर्सिटी रवाना होना पड़ता था। मुझे मैकेनिकल इंजीनियरिंग फ़ैकल्टी में इंस्ट्रक्टर बनाया गया था। इस दौरान मुझे फ़्लेमिश सीखने, अपनी फ्रेंच सुधारने और विश्वविद्यालय में कई लोगों के साथ दोस्ती करने का पर्याप्त समय मिल गया।

मैंने अपने क़ैदी साथियों के साथ भी अच्छी दोस्ती कर ली थी और क्या आप भरोसा करेंगे कि बूकनवाल्ड का मेरा एक मित्र कुर्ट भी वहाँ पर था! वह कैंप से भाग कर ब्रसेल्स पहुँच गया था, जहाँ उसे एक शरणार्थी के रूप में गिरफ़्तार कर

लिया गया। वह काम नहीं करता था, लेकिन हर रात को हम मिलकर साथ-साथ वक़्त गुज़ारते थे। हमने एक यहूदी, फ़्रिट्ज़ लोवेनस्टीन से भी मित्रता कर ली थी, जो बेहद प्रतिभाशाली कैबिनेटमेकर था। इसने मुझे परिस्थिति का अधिकतम लाभ उठाने और अपने ज्ञान का सदुपयोग करने के लिए प्रोत्साहित किया।

हम वहाँ लगभग एक साल रहे - 10 मई, 1940 तक। इस समय जर्मनी ने बेल्जियम पर आक्रमण किया और शरणार्थियों का वहाँ रहना असुरक्षित हो गया। क़ैदियों में कई राजनीतिक शरणार्थी भी थे, जो सत्ता में नाज़ी पार्टी के बढ़ते प्रभाव का विरोध करने वाले उच्च पदस्थ जर्मन राजनेता थे। थर्ड राइस के पतन के बाद उन्होंने वापस जाकर भंग जर्मन लोकतंत्र के पुनर्निर्माण की योजना बनाई थी। उनमें से एक बहुत ही विनम्र और होशियार व्यक्ति अर्टुर ब्राटू थे, जो वाइमा रिपब्लिक में सोशल डेमोक्रेटिक पार्टी ऑफ़ जर्मनी के राजनेता थे।

वह बहुत ही शांत और प्रेरक लीडर थे, और भले ही वह राजनीतिक निर्वासन में थे, पर उनको पक्का विश्वास था कि वह एक दिन जर्मनी लौटेंगे और स्थिरता बहाल करने में मदद करेंगे। मैंने मन ही मन सोचा कि मैं इस व्यक्ति का अनुसरण करूँगा, चाहे कुछ भी हो जाए। वह एक उत्तरजीवी (सरवाइवर) है।

हमें ब्रिटेन ले जाने के लिए योजनाएँ बनाई गईं। हमें बेल्जियम के ऑस्टेंड बंदरगाह से ले जाने के लिए एक शरणार्थी जहाज का बंदोबस्त किया गया था। हमारा दुर्भाग्य कि बेल्जियम का अधिकारी जो निकासी का प्रभारी था, वह नाज़ियों का सहयोगी था और चाहता था कि हम नाज़ियों के हत्थे चढ़ जाएँ। उसने सुनिश्चित किया कि जब तक हम ऑस्टेंड पहुँचे, तब तक जहाज वहाँ से रवाना हो चुका हो - हमें लिए बिना। अब, इस स्थिति में क्या किया जाए, तो ब्राटू ने, जिन्हें हमने अपना लीडर मान लिया था - हमें डनकर्क ले जाने का फ़ैसला किया। यह सोचकर कि इस फ्रेंच पोर्ट शहर में जहाज होंगे और यूरोप की भूमि से बच निकलने का कोई न कोई संभावित मार्ग अवश्य होगा। छुटकारे की उम्मीद लिए हम फ़्रांस तट के किनारे-किनारे चलने लगे।

डनकर्क की यात्रा 10 घंटों की थी। जब हम पैदल चल रहे थे - जर्मन सैनिक फ़्रांस और बेल्जियम के बीच जल-यात्रा कर रहे थे, सहयोगी सेनाओं को कुचलने और उन्हें पीछे हटने को बाध्य करने के लिए जर्मन पैंज़र टैंकों को दो सप्ताह से थोड़ा अधिक समय लगा, और हम डनकर्क की प्रसिद्ध निकासी के ठीक बीच में पहुँचे। ब्लिट्सक्रीक ने सहयोगी देशों के सैन्य प्रतिरोध को ध्वस्त कर दिया था, और अब उनके सैनिक डनकर्क समुद्र तट पर फंसे पड़े थे, वे जर्मन सैनिकों

की भारी बमबारी के कारण अपने बचाव के लिए नागरिक बेड़े की प्रतीक्षा कर रहे थे।

सहयोगी देशों के हज़ारों सैनिक ज़मीन पर मरे पड़े थे, बंदूकों से गोलियाँ निकल रही थीं, बम विस्फोट हो रहे थे। सैनिकों को छोटे-से जहाज से बाहर निकाला जा रहा था - एक समय में एक ही छोटा जहाज। उनके पास, जो सैनिक चल सकते थे, उन्हें समुद्र तट ले जाने के लिए केवल 12 घंटे का समय था - मृतकों को वहीं छोड़ देना था। दर्जन-भर के आसपास वाले हमारे समूह ने जहाज पर चढ़ाने की याचना की, लेकिन कैप्टन ने मना कर दिया।

'हम केवल अंग्रेज़ सैनिकों को ले सकते हैं,' उसने कहा, 'मुझे माफ़ करें।'

फ्रिट्ज़ को एक विचार सूझा। उसे एक बेचारे ऐसे अंग्रेज़ सैनिक का शव मिला जो आकार में उस जैसा ही था, उसने शव से वर्दी उतारकर पहन ली। वह अधिकारी को चकमा देकर जहाज में चढ़ गया। मैंने भी वैसा ही करने का प्रयास किया। एक युवा अंग्रेज़ सैनिक को गोली मार दी गई थी और एक लट्ठे पर पड़े-पड़े उसकी मौत हो गई थी। मुझे बहुत बुरा लग रहा था, लेकिन फिर भी मैंने उसके जैकेट के बटन खोले ताकि उसे पहन सकूँ। जब नीचे के कपड़े उतारने के लिए मैंने उसके शरीर को घुमाया तो देखा कि बुलेट के विस्फोट ने उसके पेट को फाड़ दिया था। मेरे लिए उस बेचारे के शव से कपड़े उतार पाना संभव नहीं था। तत्काल कोई व्यवस्था करके साधन-संपन्न हो जाना एक बात है, लेकिन किसी बेचारे सैनिक की गरिमा के साथ खिलवाड़ करना अलग बात है। यही आख़िरी और एकमात्र ऐसी चीज़ थी, जिसे युद्ध ने उससे नहीं छीना था।

हम जर्मन और सहयोगी सेनाओं के बीच फंस गए थे - भारी बंदूक़ें पास आती जा रही थीं, जर्मन बमवर्षक सिर पर तांडव कर रहे थे। बच निकलने की भगदड़ में मैं अपने समूह से अलग होकर अकेला पड़ गया और फिर मैंने बचने का एक और रास्ता तलाशने के लिए दक्षिण फ्रांस की ओर बढ़ने का फ़ैसला किया। मैं सड़क पर चलते जा रहे हज़ारों शरणार्थियों के साथ जाकर मिल गया, इनकी इतनी लंबी क़तार थी कि लग रहा था कहीं फ्रांस तक ही नहीं चली गई हो!

मैं पैदल ही दक्षिण फ्रांस तक पहुँच गया।

ढाई महीनों तक मैं सुबह से शाम तक चलता ही रहा। मुझे इतना समय इस लिए लगा, क्योंकि मुख्य सड़क को छोड़कर अंदर-अंदर चल रहा था, छोटे-छोटे गाँवों से होते हुए, यहाँ पर भाग रहे क़ैदियों को तलाश करने वाले नाज़ी सैनिकों और एसएस अफ़सरों का ख़तरा कम था।

मैं आपको यह ज़रूर बताना चाहूँगा कि मैंने फ्रांस के छोटे गाँवों में अजनबियों के प्रति जितनी सहानुभूति और प्रेम का अनुभव किया उतना और कहीं नहीं किया। मैं ऊबड़-खाबड़ जगहों पर सोता था - सार्वजनिक जगहों पर कहीं छुपकर सो जाता था और आगे का सफ़र करने के लिए सुबह बहुत जल्दी जाग जाता था, ताकि मुझे लेकर अधिकारियों को कोई संदेह नहीं हो। नाज़ियों ने अब फ्रांस में हर जगह सत्ता संभाल ली थी, जिसमें सहयोगी भी कब्ज़ा करने वाली ताक़तों के साथ मिलकर काम कर रहे थे। कभी-कभी तो मैं घोर अंधेरे में ही चलना शुरू कर देता था, लेकिन जब गाँव वाले मुझे देख लेते तो फ्रेंच में पूछते, 'क्या तुमने कुछ खाया है?', 'क्या तुम्हें भूख लगी है?' और फिर वे मुझे अपने साथ नाश्ता साझा करने के लिए बुला लेते थे। ये वे लोग थे, जिनके पास पी बहुत कम था, ये वे ग़रीब किसान थे, जो पहले ही युद्ध की विभीषिका से पीड़ित थे, लेकिन फिर भी वे मेरे साथ अपना सब कुछ साझा करने को तैयार थे, एक अजनबी, और एक यहूदी के साथ। वे जानते थे कि मेरी मदद करके वे अपनी जान को जोखिम में डाल रहे थे, फिर भी। यहाँ तक कि खुद भूखे रहकर भी उन्होंने मुझे अपनी ब्रेड का हिस्सा दिया था। जीवित रहने के लिए मुझे एक भी बार ना तो खाना माँगना पड़ा, ना चुराना पड़ा। युद्ध के बाद यह तथ्य सामने आया कि यूरोप के तमाम देशों में, फ्रांसीसी लोग ही यहूदियों और अन्य उत्पीड़ित अल्पसंख्यकों को शरण देने और उनकी सुरक्षा करने में सबसे बहादुर और सच्चे साबित हुए।

लियों में इतने अधिक शरणार्थी जमा हो गए कि सड़कें बंद कर दी गईं और मैं आगे नहीं जा सका। तब तक, थकावट और भोजन की कमी से मैं बुरी तरह पस्त हो गया और मैं बीमार पड़ गया था। कमज़ोर होते जा रहा था। मल निवृत्त होने के लिए मैं एक सार्वजनिक शौचालय में गया। उन हिस्सों में एक वॉशरूम अटेंडेंट को एक फ्रैंक के भुगतान करने का रिवाज़ था, जिससे वह आपको एक तौलिया देगा और आपके द्वारा सुविधा का उपयोग किए जाने के बाद उसकी भी सफ़ाई करेगा। मैंने अपने हिस्से का फ्रैंक उसे दिया और अटेंडेंट ने मेरा कोट रख लिया और साफ़-सुथरा शौचालय दिखा दिया। मैं बैठा ही था कि दरवाज़े को लात मारकर खोल दिया गया और गुस्से में तमतमाती हुई महिलाओं के एक समूह ने, जो वहाँ से गुज़र रहा था, मुझे खींचकर बाहर निकाला, मेरे ट्राउज़र्स अब भी नीचे ही थे। मुझे लात-घूंसों से पीटा गया, मुझ पर थूका जाने लगा। वे चीख़ रही थीं, 'पैराशूटिस्ट!' जर्मनी पूरे यूरोप में पैराशूट के जरिए जासूसों को गिरा रहा था। वे रेडियो के साथ पैराशूट से उतरते और फिर बमवर्षकों को उनके आयुध लक्षित करने के लिए रेडियो निर्देश देते।

महिला जब मेरा कोट टाँग रही थी तब उसने मेरी जेब टटोली और उसमें उसे मेरा जर्मन पासपोर्ट मिला। उसने सोचा कि मैं कोई जर्मन जासूस था! उस दिन मेरा

नसीब ख़राब था। इतना सब हो ही रहा था कि वहाँ से गुज़रता हुआ एक फ्रांसीसी पुलिसकर्मी यह देखने के लिए ठहर गया कि इतना हंगामा किस बात पर हो रहा है, मुझे फिर गिरफ़्तार कर लिया गया, इस बार यहूदी नहीं, जर्मन होने के नाते।

मुझे दक्षिण-पश्चिम फ्रांस में पऊ के निकट गुर्स नाम के एक यातना शिविर में भेज दिया गया। यह आदिम ज़माने का था। इसे 1936 में स्पेनिश गृहयुद्ध से भाग रहे स्पेनी लोगों के लिए बनाया गया था। लेकिन फिर भी, मुझे बिस्तर मिला, तीन समय का खाना भी। मैंने वहाँ सात महीने बिताए और शांति से कुछ दिन और शांति से रह सकता था यदि भाग्य ने क्रूर मोड़ नहीं लिया होता। हिटलर की यूरोप में यहूदियों के प्रति आसक्ति बढ़ रही थी, विशेष रूप से उनके लिए जो उन क्षेत्रों में भाग गए थे, जिन पर उसने आक्रमण किया था। हममें से कई उच्च शिक्षित पेशेवर, डॉक्टर, वैज्ञानिक थे और हिटलर को अपने राज्य में विज्ञान और उद्योग को आगे बढ़ाने के लिए ऐसे ही लोगों की ज़रूरत थी। और वह हमारी वापसी चाहता था।

विशी फ्रांस राज्य के सहयोगी प्रमुख फ़िलिप पेटन, युद्ध के कुशल फ्रांसीसी और फ्रांस भर के यहूदी क़ैदियों को मुक्त करना चाहते थे, यह उनके सौदेबाज़ी का तरीक़ा था।

जब तक कैंप के कमांडर ने मुझे अपने दफ़्तर में बुलाया नहीं, तब तक मैं नहीं जानता था कि हो क्या रहा है। उसने कहा कि मुझे बाक़ी यहूदियों के साथ विदा कर दिया जाएगा। उस दिन तक, मैं यह भी नहीं जानता था कि कैंप में और भी यहूदी थे। लगभग 15,000 क़ैदियों में से, हममें से 823 को ट्रेनों में लाद दिया गया, एक वैगन में 35 लोग। जैसे ही हमें ट्रेन कार में चढ़ाने के लिए प्लेटफ़ॉर्म पर लाया गया, मैंने एक गार्ड से पूछा कि यह ट्रेन कहाँ जा रही है, तो उसने मुझे बताया कि हम पोलैंड के एक यातना शिविर में जा रहे हैं। और यहाँ मैंने पहली बार ऑशवित्ज़ का नाम सुना।

# अध्याय 5

## *अपनी माँ को गले लगाइए*

मैं तब ऑशवित्ज़ के बारे में नहीं जानता था; जान भी कैसे सकता था? हममें से भला कोई भी कैसे जान सकता है कि ऐसा संभव भी हो सकता है? लेकिन मैं नाज़ियों के बारे में इतना तो जान गया था कि मैं अब उनके शिविरों में वापस नहीं जा सकता। तुलनात्मक रूप से सुरक्षित फ्रांसीसी क्षेत्र में, एक फ्रांसीसी ट्रेन प्लेटफ़ॉर्म पर, फ्रांसीसी गार्ड और फ्रांसीसी इंजीनियरों के साथ खड़े रह कर मैंने भागने का फ़ैसला कर लिया।

मैं अपने प्रशिक्षण के कारण जानता था कि हर फ्रांसीसी रेलवे स्टेशन पर इंजीनियर के पास एक स्क्रू-ड्राइवर और एक शिफ़्टिंग स्पैनर वाला एक छोटा टूलकिट होता है। जब गार्ड का ध्यान इधर-उधर था, तब मैंने इसे चुरा लिया और अपनी जैकेट में छिपा कर रख लिया। मैं ट्रेन के ड्राइवर के पास गया और उससे फ्रेंच में पूछा कि ट्रेन को जर्मनी में प्रवेश करने में कितना समय लगेगा। नौ घंटों का सफ़र था। मेरे पास बाहर निकलने के लिए नौ घंटे थे, जिसके बाद आज़ादी की कोई उम्मीद नहीं रह जाएगी।

ट्रेन के चलते ही मैंने अपना काम करना शुरू कर दिया, मैंने फ़र्श से सभी बोल्ट हटा दिए, लेकिन यह अंदाज़ नहीं था कि ट्रेन के फ़्लोरबोर्ड्स इंटरकनेक्टेड हैं। लकड़ी के प्रत्येक टुकड़े में एक पट्टी और एक खांचा था, जिससे ये एक दूसरे को पकड़ कर रखते थे, इसलिए बोल्ट निकालने के बाद भी इसे हटा पाना असंभव था। हालाँकि मेरे पास एक अच्छा स्क्रू-ड्राइवर था, मैंने फ़्लोरबोर्ड को छीलना शुरू कर दिया। दो फ़्लोरबोर्ड को ढीला करने के लिए मुझे लगभग नौ घंटे की कड़ी मेहनत करनी पड़ी। अब हमें स्ट्रासबर्ग से सीमा पार करने के लिए शायद दस किलोमीटर ही बचे थे। हमारे पास अधिक समय नहीं था। हममें से नौ लोग जो बहुत दुबले-पतले थे, फ़र्श में बने छेद से कुलबुलाते हुए निकल भागे। हम मकड़ियों की तरह रेंगते हुए

ट्रेन कार के नीचे चिपके रहे। मैं अपने प्रिय जीवन को बचाने के लिए अंगुलियों के पोरों के सहारे तब तक लटका रहा जब तक कि मैं ट्रेन की गति और सामने दिखाई पड़ रही रोशनी से यह नहीं जान गया कि हम स्ट्रॉसबर्ग पहुँचने के क़रीब हैं। यहाँ पहुँचते ही हमारा पकड़ा जाना तय था। मैंने चिल्लाकर सबको पकड़ ढीली करने के लिए कहा, और हम रेलवे ट्रैक पर गिर गए और स्लीपर्स पर जितना संभव हो सका, उतना चिपक कर पड़े रहे। हमने अपने सिर अपने हाथों से ढंक लिए थे, क्योंकि ट्रेन हमारे ऊपर से गुज़र रही थी, हमने इस बात का भी ध्यान रखा था कि कहीं डिब्बों के नीचे लटकने वाली चेन हमारे सिर से नहीं टकरा जाए, वरना खोपड़ियों को तरबूज की तरह फटने में देर कितनी लगती।

और, ट्रेन गुज़र गई और हम खुले आसमान के नीचे थे।

सुरक्षा के दृष्टि से हमने तय किया कि सब लोग अलग-अलग दिशा में जाएँगे। जल्दी ही अंधेरे में मेरे सभी साथी खो गए। इसके बाद मैं उनमें से किसी से भी नहीं मिला। आसपास की स्थिति को देखते हुए मैंने अनुमान लगाया कि कौन-सी दिशा मुझे ब्रसेल्स की ओर ले जाएगी। मुझे 400 किलोमीटर से अधिक की दूरी तय करनी थी, और मैं अपने रास्ते पर चल पड़ा। स्टेशन पर जाकर किसी ट्रेन में बैठना मेरे लिए बहुत जोखिम भरा था - मैं निश्चित ही गिरफ़्तार हो सकता था। इसके बजाय मैंने स्टेशन के बाहर खड़े रह कर ब्रसेल्स जाने वाली ट्रेन में कूद कर बैठना ज्यादा ठीक समझा। अगला स्टेशन आने से पहले ही मुझे ट्रेन से कूद कर बाहर निकलना भी सुनिश्चित करना था, क्योंकि सैनिक ट्रेनों की तलाशी कर रहे थे, ऐसे में मेरा बच पाना नामुमकिन था। इस तरह रात-रात में ट्रेन से उतरते-चढ़ते हुए मुझे वापस ब्रसेल्स पहुँचने में एक सप्ताह का समय लग गया।

मैं सबसे पहले उस ख़ूबसूरत अपार्टमेंट में गया, जिसमें मेरे माता-पिता रह रहे थे और उनके बारे में मालूम किया, लेकिन वहाँ रहने वाले व्यक्ति को उनके बारे में कुछ नहीं पता था। तब मैंने हमारे पारिवारिक मित्र डीहीर्ट से संपर्क किया, यह सोच कर कि शायद उसे मेरे माता-पिता की जानकारी हो। उसके और मेरे पिता सालों पुराने मित्र थे और वह अक्सर मेरे बचपन में लीपज़िग आया करता था। हर साल हम क्रिसमस के शुभकामना-पत्रों का आदान-प्रदान करते थे। वह ब्रसेल्स में पुलिस कमिश्नर था, कानून प्रवर्तन में उसके संबंधों के कारण और क्योंकि मेरे पिता ने उस पर भरोसा किया था, वह हमारी आकस्मिक योजना का हिस्सा था। मेरे पिता ने उनके साथ मिलकर एक ऐसी व्यवस्था की थी कि अगर मेरा परिवार बिछड़ जाए, तो डीहीर्ट इसकी जानकारी उन्हें देगा।

वह किस पुलिस ज़िले में काम करता था, मुझे याद था, इसलिए मैं जानता था कि उसे कैसे खोजना है। मैं उससे उसके पुलिस स्टेशन में मिला, और वह मुझे एक कैफ़े में लेकर गया ताकि हम अकेले में बात कर सकें। उसने मुझे बताया कि

मेरे माता-पिता ने वह सुंदर अपार्टमेंट छोड़ दिया और ब्रसेल्स से बाहर कहीं छिप कर रह रहे हैं। मेरी बहन हेनी भी उनके साथ थी और सब स्वस्थ और सुरक्षित थे। या कम से कम, जर्मन क़ब्ज़े वाले देश में जितना सुरक्षित रह सकते थे - उतने सुरक्षित थे। लेकिन वे कहाँ गए होंगे? नाज़ी तो हर जगह थे।

डीहीर्ट ने मुझे उनका पता दिया और हम सब मिल गए। उन्हें नब्बे साल से अधिक उम्र के बुज़ुर्ग मिस्टर तोहर की अटारी में छिपने की जगह मिल गई थी। वह एक बोर्डिंग हाउस चलाते थे। वह एक दयालु कैथोलिक थे और दुनिया में क्या चल रहा है इससे अनभिज्ञ थे। यह सब जानने की उनकी उम्र भी नहीं थी, उन्हें यह भी समझ में नहीं आता था कि अपने घर में यहूदियों को पनाह देना ग़ैर-क़ानूनी था। मुझे तो लगता है कि उन्हें यह भी नहीं मालूम था कि यहूदी क्या होते हैं।

इस तरह हमें अभयारण्य मिल गया था, लेकिन मेरे माता-पिता का स्वास्थ्य बहुत अच्छा नहीं था। एक साल पहले बेल्जियम पुलिस के हाथों पिटाई के बाद उनकी स्थिति अच्छी नहीं थी, पर इस बारे में उन्होंने किसी को नहीं बताया था। उन्हें चलने में दिक़्क़त हो रही थी और पेट की परेशानी भी बाक़ी जीवन बनी रही।

अटारी में दो तंग कमरे थे और पर्याप्त आरामदायक होने के बावजूद, यह उस जीवन से बहुत अलग था, जिसे हम कभी जी रहे थे। हमारे अपार्टमेंट में कोई बाथरूम नहीं था - हमें आधी रात को एक मंज़िल नीचे जाना पड़ता था, जब अन्य लोग सो रहे होते थे। लेकिन मेरे पिता ने इसे घर जैसा महसूस कराने की पूरी कोशिश की। वह सुंदर फ़र्नीचर लेकर आए और परिस्थितियों को देखते हुए इसे जितना हो सके उतना खुशनुमा बनाया।

दो महीनों के लिए हमारे साथ मेरी दो मौसियाँ भी रहीं। वे दोनों सुरक्षित थीं, लेकिन फिर एक दिन वे ब्रसेल्स के हमारे पुराने अपार्टमेंट में डाक देखने के लिए गईं और पकड़ी गईं। गेस्टापो मानो वहाँ उनका इंतज़ार ही कर रहे थे। हमने उन्हें फिर कभी नहीं देखा। उन्हें गिरफ़्तार करके ऑशवित्ज़ जाने वाली ट्रेन में डाल दिया गया। वे वहाँ तक पहुँच भी नहीं पाईं। उनकी ट्रेन का रास्ता बदल दिया गया और उसे एक सुरंग में सील कर दिया गया, जहाँ इसमें जहरीला धुआँ छोड़ा गया, जिससे उसमें सवार सभी पुरुष, महिला और बच्चों की मौत हो गई। उसके बाद उनके साथ क्या हुआ, कोई नहीं जानता - इतिहास के रिकॉर्ड और गवाह ख़त्म हो गए हैं। मेरी मौसियाँ कहाँ दफ़न हैं या उनकी राख़ कहाँ उड़ी, शायद हम कभी नहीं जान पाएँगे। इतने सालों बाद भी, उन्हें याद करके मेरा जी भर आता है।

बाहर निकलना बड़ा ख़तरनाक था। हम हर किसी से डर कर रहते थे, ना जाने कौन-कब हम पर आरोप लगा दे। मैं दिन के समय बाहर निकलना पसंद नहीं करता था। मेरे बाल काले थे, इसलिए किसी को भी मेरे यहूदी होने का संदेह हो सकता था। कम से कम मेरी बहन, जो बहुत सुंदर थी और अपने नैन-नक़्श और भूरे बालों के कारण 'जर्मन' दिखाई देती थी, कुछ देर के लिए बाहर निकल कर हमारे लिए खाने की तलाश कर सकती थी। लेकिन यह भी इतना आसान नहीं था। हमारे पास पैसे नहीं थे और इससे भी बड़ी चिंताजनक बात तो यह थी कि हमारे पास राशन स्टाम्प नहीं थे।

युद्ध के कारण हर चीज़ की क़िल्लत हो गई थी। बिना स्टाम्प के भोजन ख़रीदना असंभव था, और बेल्जियम की नागरिकता के बिना स्टाम्प नहीं मिल सकता था। मायूस होकर मैं काम की तलाश में दर्जनों फ़ैक्ट्रियों में गया, लेकिन काग़ज़ात के बिना कोई भी मुझे काम नहीं दे रहा था। अंततः एक डच सज्जन टेनेनबाउम ने मुझे नौकरी पर रख लिया। मैं रात में जब कोई आसपास नहीं होता - उसके कारख़ाने में मशीनरी का रखरखाव और मरम्मत का काम करता था, और वह मुझे सिगरेट में भुगतान करता था। काम रात के अंधेरे में पूरी गोपनीयता के साथ किया जाना था। कर्फ़्यू लागू था - जो कोई अंधेरा होने के बाद बिना कागज़ात सड़क पर दिखे, उसे देखते ही गोली मारने के आदेश थे। रात होने के बाद मैं गश्त से बचते-बचाते कारख़ाने के लिए रवाना होता था। कारख़ाने में एक छोटा छिपा हुआ कैप्सूल था जिसे मैं एक विशेष तरीक़े से खोल सकता था। किस मशीन को दुरुस्त करना है, हर रात टेनेनबाउम इस बारे में लिख कर रख देता था। कभी-कभी मैं पूरी रात बहुत तेज़ी से काम करता था, ताकि सूर्योदय से पहले काम निपट जाए। कर्फ़्यू के कारण कारख़ाने में लाइट जलाना भी मना था, इसलिए मैंने सभी खिड़कियों को काले काग़ज़ से ढांक दिया था, ताकि भीतर कोई है, यह बात किसी को पता नहीं चल सके। इसके बाद मैं अपने बैकपैक में अपना पगार - दस पैकेट सिगरेट लेकर निकल जाता था।

लेकिन, इन सिगरेटों का मैं क्या करता? हमें तो खाने की ज़रूरत थी! सिगरेट ख़रीदने वाले की तलाश में मैं सौ से अधिक दुकानों में गया। और मैं भाग्यशाली था कि मुझे एक रेस्टोरेंट चलाने वाली दयालु महिला मिसेज़ विक्टोर कॉर्नैंड मिल गईं, जो मुझसे सिगरेट ख़रीदने के लिए तैयार हो गईं। जिसके बदले में मैं ज़रूरत का सामान ले पाता था। हर रात को, घर वापस लौटते हुए मैं उनके डॉग केनल में सिगरेट छोड़ आता था। वह उन्हें ब्लैक मार्केट में बेचतीं और जब मैं अगले दिन लौटता तो मुझे आलू, ब्रेड, मक्खन, चीज़ वगैरह मिल जाता। माँस नहीं। मेरे परिवार ने एक साल तक माँस नहीं खाया। वास्तव में, माँस मिलना ही मुश्किल था। यहाँ तक कि मिसेज़ कॉर्नैंड को भी - जिनके पास पर्याप्त स्टाम्प थे। लेकिन हमारे

लिए ही इतना काफ़ी था। इससे हमारा परिवार महीनों तक जीवित और सुरक्षित रह सका।

एक दिन रात को घर लौटते हुए मैंने एक कार की आवाज़ सुनी और मुझे जल्दी से छिपने के लिए एक दरवाज़े की ओट लेनी थी। मैं समय रहते छिप तो गया, लेकिन मुझे मालूम नहीं था कि वहाँ पर पहले से कोई है। चौखट पर विशालकाय सेंट बर्नाड हाउंड सो रहा था। पता नहीं कैसे वह मेरी नज़र से चूक गया था! वह बहुत बड़ा था, उसका सिर घोड़े जैसा था। उसने मुझे बहुत बुरी तरह से काटा, मेरी पीठ से बहुत सारा माँस नोच लिया। वह कुत्ता मुझे बहुत आसानी से मार सकता था, लेकिन सौभाग्य वह मुझे काट कर ही ख़ुश था। मैं भागकर सड़क पर आ गया और लंगड़ाते हुए घर पहुँचा। मेरे साथ जो कुछ हुआ उसके बारे में अपने माता-पिता को नहीं बताया। वे परेशान हो जाते। दिन के समय में बाहर निकलना जोखिम भरा था, लेकिन मुझे इलाज करवाने के लिए तो निकलना ही था। सुबह मुझे एक केमिस्ट मिला, जिसने मुझे एक सीरिंज और टिटेनस का शॉट दे दिया, मैंने अपने आप इंजेक्शन लगा लिया। और फिर अगली रात पहले की तरह काम पर निकल गया। वहाँ अपने बॉस से मिला, जो देर रात तक काम कर रहा था। पिछली रात जो कुछ हुआ, मैंने उसे बताया तो वह हँस पड़ा, बोला 'सिर पर गोली खाने से तो पिछवाड़े पर कटवाना बेहतर है!'

हमें हर समय अपनी सुरक्षा का ही विचार करना पड़ता था। मेरे पिता ने एक कमरे के प्रवेश द्वार को एक बनावटी दीवार से ढंक दिया था और खिड़कियों के बाहर तख़्तियाँ लगा दीं, ताकि पुलिस आ जाए तो हम एक छत से दूसरी छत तक भाग सकें। बग़ल की इमारत में तीन बच्चों के साथ एक और यहूदी परिवार छिप कर रह रहा था। एक दिन, माता-पिता को पुलिस ले गई और बच्चे अकेले रह गए। वे भला कहाँ जाते तो हम उन्हें अपने घर ले आए। दो लड़के थे, बारह और तेरह साल के और उनकी छोटी बहन थी - केवल दस साल की। और अब वे अनाथ हो गए थे। मेरी माँ ने उन्हें अपने बच्चों की तरह रखा। उसकी दया का पारावार नहीं था।

इसके कुछ दिनों बाद ही मुझे एक सुखद आश्चर्य हुआ। कुर्ट हर्शफ़ेल्ड ब्रसेल्स में ही थे! वह फ़्रांसीसी हिरासत से बच निकलने में कामयाब हुए थे। तब से हम भाइयों की तरह रहने लगे। वह हमारे साथ नहीं रहते थे, लेकिन शुक्रवार रात्रि भोज में अक्सर हमारे साथ शामिल होते थे, अंधेरा होने के बाद, गश्त से बचते-बचाते आते थे। वह अपने चचेरे भाई के साथ रहते थे, जिसने अंग्रेज़ महिला से विवाह किया था। हम लोग शाम का समय साथ-साथ गुज़ारते थे। उसके परिवार में कोई नहीं था। माता-पिता को पहले ही बर्लिन में मार डाला गया था। मेरी माँ कुर्ट से बहुत प्यार करती थी और उसे अपना बेटा ही मानती थी।

अब, जब मैं रात को बिस्तर पर लेटा रहता हूँ, और कभी-कभी पुराने दिनों को याद करता हूँ तो सोचता हूँ कि वह मेरे जीवन का सबसे अच्छा समय था। मैंने अपने परिवार के साथ उस अटारी पर बहुत अच्छा समय बिताया। तंगहाली थी, कभी-कभी कठिनाई भी होती थी, मुझे अपने परिवार को जीवित रखने के लिए बहुत मेहनत करनी पड़ती थी, लेकिन हम सब साथ थे। मैं अपने एकाकी दिनों में उस जीवन के सपने देखा करता था, जब मैं वाल्टर श्लाइफ़ के रूप में गुप्त जीवन जी रहा था, और फिर बूकनवाल्ड का जीवन भी। एक भयभीत, एकाकी नौजवान के रूप में मैं बस उसी तरह जीना चाहता था। और कुछ शानदार महीनों के लिए ही सही, मेरा सपना सच हुआ।

ग्यारह महीने इसी तरह बीत गए। उसके बाद, एक दिन कुर्ट ग़ायब हो गया। मैं घबरा रहा था कि कहीं एसएस ने उस पर आरोप लगाकर गिरफ़्तार नहीं कर लिया हो। मैं उसको लेकर बहुत चिंतित था, लेकिन अनापेक्षित ढंग से मुझे भी बेल्जियम छोड़ने की नौबत आ गई थी।

1943 में सर्दियों की एक शाम, मेरे काम पर जाने के ठीक बाद मेरे परिवार को गिरफ़्तार कर लिया गया। बेल्जियम पुलिस ने अपार्टमेंट पर छापा डाला और मेरे माता-पिता और बहन को हिरासत में ले लिया। वे भाग सकते थे, लेकिन उनके पास बहुत कम समय था, इसलिए उन्होंने इस समय में उन तीनों छोटे बच्चों को दीवार के पीछे छिपाया। छोटे लड़के को जुकाम था, तो मेरे पिता ने अपना रूमाल उसे चबाने के लिए दिया ताकि उसे छींक नहीं आ जाए। वरना गार्ड सचेत हो जाते।

पुलिस जानती थी कि मैं वापस आऊँगा, इसलिए कमीनों ने रात भर मेरा इंतज़ार किया। मैं साढ़े तीन बजे लौटा, तो देखता हूँ कि अंधेरे में नौ पुलिस वाले ऊँघते हुए मेरी प्रतीक्षा कर रहे थे। मैंने उनको अपमानित किया, उन पर चिल्लाया। 'तुम देशद्रोही हो! एक दिन तुमको पछतावा होगा।' लेकिन इससे कोई फ़ायदा नहीं हुआ। वे मुझे पकड़कर ब्रसेल्स में गेस्टापो के मुख्यालय ले गए। मेरा परिवार पहले ही वहाँ मौजूद था। मुझे और मेरे पिता को एक सेल में और मेरी माँ और बहन को दूसरे सेल में रखा गया। लेकिन इसी बीच एक छोटा-सा चमत्कार हुआ। पुलिस वाले रात-भर अपार्टमेंट में प्रतीक्षारत रहे, लेकिन वे उन छोटे-छोटे बच्चों को नहीं ढूंढ़ सके। उन्हें एक अन्य यहूदी परिवार ने अपने साथ रख लिया और वे पूरे युद्ध के दौरान सुरक्षित रहे। कई सालों बाद मेरा उनसे मिलना हुआ, उन्होंने लंबी और अच्छी ज़िंदगी बिताई। एक लड़का बेल्जियम में था, दूसरे दोनों इज़राइल में। सारा धन्यवाद मेरे पिता को, जिनके साहस और होशियारी ने उनकी जान बचा ली।

हमें एक परिवार के रूप में बेल्जियम के मलीन में एक ट्रांजिट कैंप में ले जाया गया। वहाँ उन्होंने यहूदियों को एक समूहों में खड़ा कर दिया, वे बेल्जियम से पोलैंड की ओर ट्रेन भेजने से पहले बहुत बड़ी भीड़ की प्रतीक्षा कर रहे थे। जर्मन अपने काम को अंजाम देने में ख़तरनाक ढंग से कुशल थे। और यह सुनिश्चित कर रहे थे कि प्रत्येक ट्रेन अधिकतम 1500 लोगों की क्षमता के साथ रवाना हो, दस बोगियाँ, प्रत्येक बोगी में 150 लोग सवार हों।

हम बहुत चिंतित थे, क्योंकि हमें ठंड में खड़ा रख कर इंतज़ार करवाया जा रहा था। चूंकि मैं जर्मन यातना शिविर का अनुभव कर चुका था, इसलिए मान कर चल रहा था कि वैसा ही कुछ हमारे सामने फिर से आने वाला है, पर मुझे ज़रा भी अंदाज़ नहीं था कि हमें कितनी बुरी स्थिति का सामना करना पड़ेगा। लेकिन फिर कुछ ऐसा हुआ जिस पर मुझे विश्वास नहीं हो रहा था। मैंने देखा कि कोई स्टेशन के उस पार बड़े उत्साह से नाचते हुए मेरा ध्यान आकर्षित करने का प्रयास कर रहा है, मुझे लगा कि मेरी आँखें मुझे धोखा दे रही हैं - ये तो क़ुर्ट था! ब्रसेल्स में कर्फ़्यू के बाद उसे पुलिस ने रोक लिया था, उसके पास ना तो पर्याप्त काग़ज़ात थे, ना ही उसकी जेब में 100 फ़्रैंक ही थे - एंटी-वैग्रंसी (आवारगी) क़ानून के तहत गिरफ़्तार करने के लिए इतना पर्याप्त था। मुझे विश्वास नहीं हो रहा था कि किसी व्यक्ति को गिरफ़्तार करने के इतने तरीके हैं : यहूदी होना, जर्मन होगा, आवारा होना! यह मामला कुछ सप्ताह पहले हुआ था, लेकिन वे उसे इस शिविर में तब तक रखने वाले थे, जब तक कि वे निर्वासन के लिए 1500 यहूदियों को इकट्ठा नहीं कर लें। यह एक भयानक घटनाक्रम था, लेकिन उसे दोबारा देखना बहुत अच्छा अनुभव था।

जल्दी ही नाज़ियों ने 1500 की अपेक्षित संख्या जुटा ली और हमें वैगनों में लोड करना शुरू कर दिया - इसमें सभी थे - पुरुष, महिलाएँ, छोटे बच्चे। हमें भेड़-बकरियों की तरह ठूंस-ठूंस कर भरा जा रहा था। हम या तो खड़े हो सकते थे या घुटने टेक सकते थे, लेकिन लेटने के लिए कोई जगह नहीं थी, कोट उतारने तक की जगह नहीं थी। बाहर ठंड थी, लेकिन भीतर की हवा जल्द ही गर्म हो गई, असहनीय, बदबूदार।

यात्रा नौ दिन आठ रातों की थी। ट्रेन कभी तो तेज़ गति से भागती थी, कभी रेंगने लगती। कभी-कभी तो घंटों किसी जगह खड़ी हो जाती। खाना नहीं था, थोड़ा-सा पानी भर मिलता था। बोगी में हम सभी 150 लोगों के लिए 44 गैलन वाला पानी का एक ड्रम रखा गया था। यह पूरी यात्रा के लिए था। दूसरा 44 गैलन का

ड्रम शौचालय के लिए रखा गया था और हम सभी को – स्त्री हों या पुरुष, स्वस्थ हों या बीमार एक दूसरे के सामने ही इसका उपयोग करना था।

पानी ही सबसे बड़ी समस्या थी। एक इंसान भोजन के बिना तो कुछ सप्ताह जीवित रह सकता है, लेकिन पानी के बिना नहीं। मेरे पिता ने व्यवस्था का ज़िम्मा उठा लिया था। मुझे पता नहीं कि उन्होंने कहाँ से एक स्विस सेना का चाकू और एक कप जुटा लिया था। चाकू की मदद से उन्होंने एक काग़ज़ के 150 छोटे-छोटे चौकौर टुकड़े किए। उन्होंने राशन की व्यवस्था समझाई। बोगी के हर व्यक्ति को दो कप पानी मिलेगा – एक कप सुबह, एक कप रात को। इतना पानी जीवित रहने के लिए पर्याप्त था और पानी को यथासंभव लंबे समय तक चलाया जा सकता था। प्रत्येक व्यक्ति को अपना पहला कप मिलने पर काग़ज़ का एक टुकड़ा दिया जाता था और शाम को जब वह उसे लौटाता था, तो उसे दूसरा कप दिया जाता था। जो अपना काग़ज़ खो देता, उसे पानी नहीं मिलता। दिन बीतने के साथ हवा और बदबूदार होती गई, क्योंकि शौचालय का डोल भर गया था और पानी की ड्रम ख़ाली। दो कप पानी के भरोसे दिन कटते रहे।

जल्दी ही, दूसरी बोगियों में पानी ख़त्म हो गया। ट्रेन की दीवारों के पीछे से, पटरियों के शोर के बीच मैं उन्हें चिल्लाते हुए सुन सकता था, एक स्त्री चीख़ रही थी, 'मेरे बच्चे प्यासे हैं' रेलगाड़ी की दीवारों के बीच से, पटरियों के शोर पर, मैं उन्हें चिल्लाते हुए सुन सकता था, 'मेरे बच्चे प्यासे हैं! उन्हें पानी चाहिए! मेरी सोने की अंगूठी के बदले कोई पानी दे दो!'

और दो दिनों के बाद उनका शोर थम गया।

जब तक हम अपने गंतव्य पर पहुँचे, तब तक दूसरी बोगियों में सवार 40 प्रतिशत लोगों की मौत हो चुकी थी। हमारी बोगी में, केवल दो लोगों की मौत हुई। मेरे पिता का धन्यवाद जो हमारी बोगी के बाक़ी लोगों की जान बच गई। कम से कम ऑशवित्ज़ तक पहुँचने तक ही सही।

यह 1944 की फ़रवरी का महीना था, पोलैंड की भयानक सर्दियों के दिन, जब हमारी ट्रेन ऑशवित्ज़ II-बिरकेनॉ रेलवे स्टेशन पर पहुँची तो मैंने पहली बार कांटेदार तार की बाड़ पर जर्मन में लिखा लोहे का बोर्ड लटका हुआ देखा, जिसका तात्पर्य था : 'काम आपको मुक्त करता है।'

बर्फ़ीले कीचड़ के कारण ज़मीन फिसलन भरी थी। सबसे पहले जो लोग बोगी से उतरे वे लड़खड़ाकर गिर पड़े। ट्रेन कार ऊँचाई पर थी इसलिए बोगी से प्लेटफ़ॉर्म पर उतरने के लिए छोटी-सी छलांग लगानी पड़ती थी। हम सभी कमज़ोर हो चुके

थे और कुछ तो बीमार भी थे, लेकिन मैं और मेरे पिता जी अभी-भी स्वस्थ और मज़बूत थे और महिलाओं, बच्चों और बूढ़ों को ट्रेन से उतरने में मदद कर रहे थे। हमने माँ और बहन को उतरने में भी मदद की और जब हम दूसरों की नदद कर रहे थे, कि वे दोनों देखते ही देखते भीड़ में कहीं गुम हो गईं। नाज़ी लोगों को मवेशियों की तरह डंडे, बंदूक़ों और ख़ौफ़नाक कुत्तों की मदद से इकट्ठा कर रहे थे। अचानक, भीड़ में मैं और मेरे पिता ही रह गए थे।

हमें प्लेटफ़ॉर्म पर इकट्ठा किया गया, जहाँ एसएस से घिरा हुआ, झक सफ़ेद लैब कोट पहना हुआ एक आदमी ढेर के ऊपर खड़ा था। यह मृत्यु का दूत डॉ. जोज़फ़ मेंगले था, जो अब तक के सबसे बुरे हत्यारों में से एक था, इसकी गिनती मानव जाति के इतिहास में निकृष्टतम लोगों में होती है। जैसे-जैसे नए क़ैदी आते जा रहे थे, वह उन्हें बताता जा रहा था कि दाईं ओर जाना है या बाईं। हमें यह नहीं पता था, लेकिन वह अपने कुख्यात 'विकल्पों' में से एक का निर्देशन कर रहा था। यहाँ क़ैदियों को स्त्री और पुरुषों में विभाजित किया जा रहा था, और जो हट्टे-कट्टे थे और उन्हें बंधुआ मज़दूरी के लिए ऑशवित्ज़ भेजा जाना था, सचमुच मरते दम तक काम करने के लिए, और कुछ ऐसे थे, जिन्हें सीधे गैस चेंबर में भेजा जाना था। एक तरफ़ का अर्थ था धरती पर नए नारकीय जीवन की शुरुआत करना, दूसरे का अर्थ था अंधेरे में एक भयानक मौत।

'इस तरफ़,' मेंगले ने मेरी ओर इशारा करते हुए कहा।

'उधर,' मेरे पिता से दूसरी ओर जाने का इशारा करते हुए कहा, उस ओर जिधर एक ट्रक में जो क़ैदियों को लादा जा रहा था। मैं अपने पिता से अलग नहीं होना चाहता था, इसलिए मैं एक लाइन से दूसरी में चला गया और पिता के पीछे-पीछे चलने लगा। मैं ट्रक के पास पहुँचा ही था कि मेंगले के साथ खड़े गार्ड ने मुझे देख लिया।

'ओ!' उसने कहा। 'क्या उन्होंने तुमको उस तरफ़ जाने के लिए नहीं कहा था?' उसने ऑशवित्ज़ के प्रवेश की ओर इशारा किया। 'तुम ट्रक में नहीं जाओगे।'

'क्यों?' मैंने पूछा।

उस पिट्ठू ने मुझसे कहा कि मेरे पिता ट्रक पर इसलिए सवार होंगे, क्योंकि वह बूढ़े थे और मैं चलूँगा। यह एक उचित स्पष्टीकरण था, इसलिए मैंने इस पर और सवाल नहीं उठाया। लेकिन अगर मैं उस ट्रक पर सवार हो जाता तो मुझे मार दिया जाता। उस दिन डॉ. जोज़फ़ मेंगले ने काम के लिए 148 ताक़तवर युवकों का चयन किया और हमें शिविर में भेज दिया गया।

हमें छावनी में ले जाया गया, जहाँ उन्होंने हमारे सारे कपड़े उतरवा लिए और उन्हें ढेर में फेंक दिया। हमें एक बहुत छोटा-सा शौचालय दिखाया गया, हम में से

148 इस छोटी-सी जगह में अट गए। मुझमें दहशत भर गई, क्योंकि मुझे पता था कि क्या होने वाला है। मैंने बूकनवॉल्ड में भी यही सब कुछ देखा था। ये नाज़ी हमारी सहनशीलता को परख़ना चाहते थे। हमें एक अंधेरे, ठंडे और तंग कमरे में कई दिनों तक रखा जाता और जब हम थक-हार जाते तो वे हमें डराने के लिए चिल्लाते : 'आग!' या 'गैस!' या वे किसी एक व्यक्ति को पीटते ताकि बाक़ी लोग घबराकर दूसरे कैदियों को रौंदते हुए इधर-उधर भागने लगें। हम में से प्रत्येक को एक काग़ज़ का टुकड़ा दिया गया, जिस पर एक पहचान संख्या थी, और हमें बताया गया कि यदि हमने उस नंबर को खो दिया तो हमें फाँसी पर लटका दिया जाएगा। मैंने कुर्ट और दो अन्य लड़कों के साथ मिल कर, जिन्हें मैं बूकनवॉल्ड से जानता था - एक योजना बनाई।

मैंने कहा, 'हमें पता नहीं है कि हमें इस कमरे में कब तक रहना है, लेकिन हमें खड़े रहने के लिए एक कोना अवश्य तलाश लेना चाहिए। हम में से दो लोग दीवार के सामने पहरा देंगे, और बाक़ी दो उनके पीछे सो सकेंगे। और फिर हम अपनी जगह अदल-बदल कर सकते हैं।' तीन दिन और तीन रातों तक हमने ऐसा किया। नाज़ी हर थोड़े समय बाद दहशत फैलाते थे और अंधेरे में भगदड़ मचने लगती थी, लोग एक दूसरे को रौंदने लगते थे। ऐसे में हम में से दो लोग, अन्य दो लोगों की हिफ़ाज़त करते थे। तीन दिन और तीन रातों तक वातावरण में चीख़-पुकार मची रही और ख़ून की बदबू से जीना हराम हो गया था। जब रोशनी हुई तो हम 148 में से 18 मर चुके थे। एक आदमी, जो मुझसे बहुत दूर नहीं था, इतनी बुरी तरह से कुचला गया था कि उसकी आँखें चेहरे से बाहर लटकने लगी थीं। मैंने यह देखने के लिए अपनी हथेली खोली कि मेरे पास अभी-भी मेरा नंबर सुरक्षित है या नहीं, तो मैंने पाया कि मेरी हथेली से ख़ून बह रहा था, मैंने इतनी बुरी तरह से नंबर वाले काग़ज़ को बचा कर रखा था कि नाख़ूनों से मेरी हथेली की त्वचा छिद गई थी।

नाज़ी मुझे एक कमरे में लेकर गए और मुझे नीले रंग की एक धारीदार पतली सूती वर्दी और एक मैचिंग टोपी दी। इसमें मेरे काग़ज़ के टुकड़े का नंबर पीछे की तरफ़ छपा हुआ था। और फिर उन्होंने मेरी बाँह को एक स्लिंग में डाल दिया ताकि मैं हिल नहीं सकूँ और मेरी त्वचा में इतनी गहराई से टैटू गुदवाया गया कि यह कभी फीका नहीं पड़ सके। मुझे बहुत दर्द हुआ, जैसे हज़ारों इंजेक्शन एक साथ लगा दिए गए हों। उन्होंने चबाने के लिए मुझे एक काग़ज़ का टुकड़ा दिया ताकि मैं अपनी जीभ नहीं काट लूं, धरती के उस नर्क में मुझे उस दिन उनकी ओर से इतनी ही दया की भीख मिली।

दो दिन बाद, मैंने एसएस ऑफ़िसर से पूछा कि मेरे पिता कहाँ हैं। उसने मेरी बाँह पकड़ी और लगभग 50 मीटर दूर स्थिति बैरक़ तक ले गया और बोला, 'तुम

वहाँ धुआँ देख रहे हो? तुम्हारे पिता वहीं गए थे। और तुम्हारी माँ भी। गैस चैंबर और दाह-गृह में।'

और इस तरह से मुझे मालूम हुआ कि मैं अनाथ हो चुका हूँ। मेरे माता-पिता अब नहीं रहे। मेरे पिता, एक मज़बूत और दयालु इंसान अब स्मृतियों में शेष थे, उनका सम्मानजनक अंतिम संस्कार भी नहीं हो सका।

और मेरी माँ, मेरी बेचारी माँ। मैं अपनी प्यारी माँ को अलविदा भी नहीं कह सका। मुझे उसकी हर दिन याद आती है। आज भी, रातों को मैं उसे अपने सपनों में देखता हूँ, और कभी-कभी उसे पुकारते हुए नींद खुल जाती है। जब मैं छोटा था तो बस उसके साथ ही रहना चाहता था, माँ के साथ समय गुज़ारना मुझे अच्छा लगता था, शुक्रवार दोपहर को उसके हाथों से बनी डबलरोटियाँ खाना चाहता था, उसे मुस्कराते हुए देखना चाहता था। और अब ऐसा कभी नहीं होगा। वह फिर कभी नहीं मुस्कराएगी। वह चली गई, उसकी हत्या कर दी गई, उसे मुझसे छीन लिया गया था। ऐसा कोई दिन नहीं गुज़रता जब मुझे नहीं लगता हो कि मैं उसे सिर्फ़ एक और बार देखने के लिए अपना सब कुछ लुटा सकता हूँ।

यदि आपको आज मौक़ा मिले तो घर जाइए और अपनी माँ को बताइए कि आप उनसे कितना प्यार करते हैं। अपनी माँ के लिए ऐसा करें। और अपने नए मित्र एडी के लिए ऐसा करें - जो अपनी माँ से यह बात नहीं कह पाया।

# अध्याय 6

## *दोस्त हो तो ऐसा*

अचानक मेरा सबकुछ लुट गया। मेरा परिवार, मेरी संपत्ति, मानवता के प्रति बचा हुआ मेरा विश्वास। मुझे केवल अपना बेल्ट रखने की अनुमति मिली थी, मेरे उस जीवन का एक स्मृति चिह्न जिसे मैं फिर कभी नहीं देख पाऊँगा।

जैसे ही लोग ऑशवित्ज़ में आते, नाज़ी उनकी हर चीज़ को ज़ब्त कर लेते और एक ऐसी जगह में जमा कर देते जहाँ यहूदी बंधुआ मज़दूरों को वह छाँटते थे। हम क़ैदी इस क्षेत्र को *कनाडा* कहते थे, क्योंकि *कैनेडा* को एक शांतिपूर्ण जगह के रूप में देखा जाता था, जहाँ जीवन की सभी अच्छी वस्तुएँ - भोजन, पैसा, गहने - बहुतायत में उपलब्ध थे। मेरे पास अपना जो कुछ था, उसे चुरा कर *कनाडा* भेज दिया गया था।

सबसे बुरी बात, मेरा सम्मान मुझसे छीन लिया गया था। जब हिटलर ने अपनी द्वेषपूर्ण पुस्तक *मेरा संघर्ष* लिखी, जिसमें उसने दुनिया की सभी परेशानियों के लिए यहूदियों को ही ज़िम्मेदार ठहराया, तो उसने एक ऐसी दुनिया के बारे में कल्पना की थी, जिसमें हमें अपमानित किया जाएगा - सूअरों की तरह खाना दिया जाएगा, पहनने के लिए चीथड़े दिए जाएँगे, हम होंगे दुनिया के सबसे दयनीय लोग। अब, यह सच हो गया था।

मेरा नंबर था 172338। अब बस यही मेरी पहचान थी। उन्होंने आपसे आपका नाम तक छीन लिया था। आप इंसान नहीं - बस एक गीयर बनकर रह गए थे, जो धीरे-धीरे मौत की विशालकाय मशीन की तरफ़ बढ़ रहा था। जब उन्होंने मेरी बाँह पर नंबर गुदवाया तो इसी के साथ मुझे धीमी मौत की सज़ा सुना दी गई थी, लेकिन इससे पहले वे मेरी आत्मा को मार डालना चाहते थे।

मैं हंगेरियन, फ़्रेंच, रूसी, और यूरोप भर के 400 यहूदियों के साथ एक बैरक़ में रहता था। क़ैदियों को उनकी नस्ल और श्रेणी के आधार पर बाँटा गया था - इस बैरक़ में यहूदी रहेंगे, तो उसमें राजनीतिक क़ैदी। हम कई अलग-अलग देशों,

वर्गों, व्यवसायों से आए थे, सभी एक साथ मिले हुए थे और हिटलर के लिए हम सभी एक जैसे थे। हममें से कई एक जैसी भाषा नहीं बोल पाते थे, हममें आपस में शायद ही कोई समानता हो। इतनी अलग-अलग संस्कृतियों के इतने सारे अजनबियों के साथ क़ैदी बनकर रहना मेरे लिए किसी सदमे से कम नहीं था। हममें यदि कोई समानता थी तो वह था हमारा यहूदी धर्म, लेकिन इसमें भी हमारी अपनी मान्यताएँ थीं। कुछ लोग धार्मिक थे। मेरे जैसे कुछ लोगों ने अपने धर्म के बारे में तब तक नहीं सोचा था, जब तक कि हमारा यहूदी होना ख़तरनाक नहीं हो गया था। जैसे-जैसे मैं बड़ा होता गया, मुझे अपने जर्मन होने पर गर्व होने लगा था। मुझे यह सोच कर बहुत तकलीफ़ होती थी कि हम क्या थे, क्या होकर रह गए थे। मैं अक्सर अपने आपसे ही पूछता था : क्यों? आख़िर क्यों?

मुझे अभी-भी समझ नहीं आ रहा है कि जिन लोगों के साथ मैं काम पर गया था, जिनके साथ मैंने पढ़ाई की, खेल खेले, वे जानवरों की तरह बरताव कैसे कर सकते हैं। यह कैसे हुआ कि हिटलर दोस्तों को दुश्मन बना सका, सभ्य लोगों को अमानवीय ज़ॉम्बियों में बदल सका? इतनी नफ़रत पैदा करना कैसे संभव है?

ऑशवित्ज़ एक मृत्यु शिविर था।

आप नहीं जानते थे कि सुबह कब जागेंगे और रात को बिस्तर पर कब पड़ेंगे- वैसे बिस्तर जैसी कोई चीज़ नहीं थी हमारे पास। हम काठ के तख़्तों से बनी चारपाई पर सोते थे, जो आठ फ़ुट से भी छोटी होती थी। सर्द रातों में हम दस लोगों को एक क़तार में बिना कंबल, बिना गद्दों के सोना पड़ता था, गर्माहट केवल एक दूसरे से मिलती थी। हमें जार में बंद हेरिंग (मछलियों) की तरह एक साथ, पैर सिकोड़कर सोना पड़ता था, क्योंकि जीवित रहने का यही एकमात्र उपाय था। बड़ी ठंडक थी। पारा शून्य से आठ डिग्री नीचे रहता था और हमें नग्न अवस्था में सोना पड़ता था, क्योंकि ऐसी स्थिति में हम भाग नहीं सकते थे।

अगर कोई रात में शौचालय जाता, तो उसे वापस आकर क़तार के पहले और दसवें व्यक्ति को इधर-उधर करना पड़ता था, ताकि वे इंसानों के उस ढेर के बीच में आ सकें, ऐसा ना करने पर तो बाहर की ओर सो रहे लोग ठंड में जम कर मर सकते थे। हर रात दस से बीस लोग मर जाते थे, क्योंकि लंबे समय तक वह लोग क़तार के बाहरी छोर पर होते थे। हर रात ऐसा ही होता था। आप रात में अपनी जान बचाने के लिए अपने पड़ोस में सो रहे व्यक्ति की बाँहों का सहारा लेकर सोते और जब जागते तो बग़ल में उसकी ठंडी, ठोस देह मिलती, जिसकी खुली-चौड़ी मृत आँखें आपको निहार रही होती थीं।

जो लोग रात में जीवित बचे रहते उन्हें सुबह एक जर्मन कारख़ाने में काम करने के लिए जाने से पहले ठंडे पानी से नहाना होता था, उसके बाद एक कप कॉफ़ी और एक या दो ब्रेड के टुकड़े मिलते थे। यह कारख़ाना क़ैदियों की बंधुआ मज़दूरी पर ही चल रहा था। जर्मनी की अधिकांश जानी-मानी कंपनियों ने हमारी मेहनत से लाभ कमाया। उनमें से कुछ तो आज भी व्यापार कर रही हैं।

हमें काम पर जाने के लिए लगभग डेढ़ घंटे पैदल चल कर जाना पड़ता था। हमारे साथ गार्ड होते थे। बर्फ़, बारिश और हवा से सुरक्षा के नाम पर हमारे पास एकमात्र पतली-सी वर्दी और लकड़ी और कैनवास के बने सस्ते जूते थे। इन जूतों को पहनकर चलते समय मुझे एक-एक क़दम पर ऐसा लगता मानो मेरे मुलायम पैरों में कोई छुरा घोंप रहा है।

काम पर आते-जाते समय यदि कोई क़ैदी गिर जाता, तो उसे तुरंत गोली मार दी जाती और दूसरे क़ैदियों से उसके शव को ढोने के लिए कहा जाता। जल्दी ही हम इतने कमज़ोर हो गए कि साथियों के शवों को उठा पाना हमारे लिए कठिन हो गया और तब हम अपने साथ कपड़े का एक लंबा-बड़ा टुकड़ा रखने लगे, ताकि ज़रूरत पड़ने पर उसे स्ट्रेचर की तरह इस्तेमाल किया जा सके। यदि हम शवों को नहीं उठाते, तो नाज़ी हमें भी गोली मार देते, हालाँकि वे हमारे कैंप तक लौटने की प्रतीक्षा करते थे और नज़ीर देने के लिए दूसरे क़ैदियों के सामने गोली मारते। जिस क्षण आप काम करने लायक़ नहीं रह जाते, नाज़ियों के किसी भी उपयोग के नहीं रहते, और उसी क्षण आपका जीवन समाप्त कर दिया जाता था।

ऑशवित्ज़ में कपड़े की चिंदियाँ सोने जितनी क़ीमती थीं। शायद, उससे भी ज़्यादा। आप सोने से कुछ अधिक काम नहीं ले सकते, लेकिन चिंदियों का उपयोग आप घावों को बाँधने या वर्दी के भीतर ठूंस कर गर्माहट पाने या फिर आपको थोड़ा साफ़ रखने के लिए कर सकते थे। मैं उन्हें लकड़ी के सख़्त जूतों के भीतर मोज़े की तरह डाल लेता था, ताकि पैरों को थोड़ी नर्माहट मिले और चलने में आसानी हो। हर तीसरे दिन मैं जूतों को अदल-बदल कर पहनता था, ताकि जिस कड़े हिस्से से मेरी त्वचा घिस रही थी, उससे मेरा पैर ख़राब नहीं हो जाए। इस तरह छोटे-छोटे उपायों से मैं जीवित रह पाया।

मुझे सबसे पहले बमबारी में नष्ट हो चुके गोला-बारूद डिपो की सफ़ाई करने का काम दिया गया। यह ऑशवित्ज़ के पास ही एक गाँव था, जिसका उपयोग मोर्चे पर भेजने के लिए गोला-बारूद और आयुध की आपूर्ति के लिए डिपो के रूप में किया जाता था। हमें इस जगह तक पैदल ले जाया जाता था और अपने नंगे हाथों से फूट चुके गोला-बारूद के टुकड़े उठाने पड़ते थे। यह बड़ा मुश्किल, और ख़तरनाक काम था।

मैं ख़ुश नहीं था, मेरे साथ काम करने वाले दूसरे यहूदी मुझ पर विश्वास नहीं करते थे, क्योंकि मैं जर्मन था और फिर मैंने अकेले रहना सीख लिया। लेकिन कुर्ट अपवाद था। मेरे माता-पिता मर चुके थे और मैं नहीं जानता था कि मेरी बहन जीवित है भी या नहीं। कुर्ट एकमात्र ऐसा व्यक्ति था, जो मेरी पुरानी ज़िंदगी और मेरी ख़ुशियों का साथी था। मैं आपको बताना चाहूँगा कि उस समय कुर्ट की मित्रता से बढ़ कर मेरे लिए कुछ नहीं था। वह नहीं होता तो मैं अपने माता-पिता की हत्या के बाद निराशा के गर्त में डूब जाता। हम अलग-अलग बैरक़ में रखे गए थे, लेकिन हर रात हमारी मुलाक़ात होती थी और हम बातें करते थे। बस यही एक बात थी, जो मुझे आगे बढ़ते रहने के लिए प्रेरित करती थी कि इस दुनिया में कोई तो है, जो मेरी फ़िक्र करता है और मैं जिसकी परवाह कर सकता हूँ।

कुर्ट और मैंने कभी-भी एक जगह पर काम नहीं किया। जर्मन बहुत सटीक रिकॉर्ड रखते थे और जर्मनी भर से आए यहूदियों के स्थानों और व्यवसायों के बारे में पूरी जानकारी रखते थे। और इसी वजह ने उन्हें इतना ख़तरनाक और कुशल हत्यारा बनाया गया था। यह कुर्ट का सौभाग्य था कि ऑशवित्ज़ में उसके काग़ज़ात नहीं थे। वह जर्मनी और पोलैंड की सीमा पर बसे एक शहर से आया था और नाज़ियों के पास उस शहर के रिकॉर्ड नहीं थे। जब उन लोगों ने उससे पूछा कि तुम्हारा पेशा क्या था, तो उसने उत्तर दिया, 'मोची,' इसलिए उसे दक्ष कारीगर श्रेणी में रखा गया और कैंप के भीतर ही चल रहे वर्कशॉप में रखा गया। वह कैंप के भीतर ही रहता था, उसे बारिश-बर्फ़ में चल कर किसी फ़ैक्ट्री में नहीं जाना पड़ता था, जैसा कि हम करते थे। हम थक-हार कर भूखे-प्यासे, पैरों में छाले लेकर लौटते थे, पर वह सुरक्षित रहता था, उसे खाना भी पेट भर कर मिल जाया करता था। हर बार जब क़ैदियों का खाना बच जाता तो सबसे पहले कैंप में काम कर रहे दर्जियों, जूता बनाने वालों और बढ़ई लोगों को बाँटा जाता था। हम जिन फ़ैक्ट्रियों में काम करते थे, उनकी ज़िम्मेदारी थी कि काम से निकलने से पहले हमें खाना दिया जाए, लेकिन उनके पास कभी-भी पर्याप्त खाना नहीं होता था, और जब हम वापस कैंप में आते, तो यहाँ भी हमारे लिए कुछ नहीं बचता था।

कुर्ट के लिहाज़ से यह अच्छी बात थी और अक्सर वह अपने खाने में से थोड़ा मेरे लिए भी बचा लेता था। हम दोनों एक दूसरे की देखभाल करने में सक्षम थे। यही असली दोस्ती है।

कैंप में निकलने वाली रद्दी में मैंने कई अवसर तलाश लिए थे। जैसे, बढ़ई की आरी की धार कुंद हो जाए, तो वे उसे फेंक देते थे। उसमें लगे क़ीमती स्टील को बर्बाद करने

के बजाय मैं उन्हें इकट्ठा करता और सुंदर चाकू बनाने के लिए उसमें धार लगाता और फिर उनके लिए पॉलिश की हुई लकड़ी के हैंडल तराशता था। मैं उन्हें कपड़े, कुछ भोजन या साबुन के लिए सामान्य नागरिकों को बेच देता था या फिर कैनेडा में काम कर रहे क़ैदियों को ज़रूरी चीज़ों के बदले में दे देता था। ऑशवित्ज़ में नाज़ियों के अलावा कई अन्य नागरिक रसोइए और ड्राइवर थे। जर्मन या पोलिश थे, वे भी किसी और की तरह युद्ध के दौरान जीवित रहने के लिए वहाँ काम कर रहे थे। उनसे मैं कस्टम क्रिएशन के लिए कमीशन लेता था। मैं कारख़ाने में मशीनरी का उपयोग करके उनकी प्रेमिकाओं के लिए अंगूठियाँ बनाता था, उन पर उनके नामों के पहले अक्षर उकेरता था। मैं एक शर्ट या साबुन की बट्टी के बदले एक सुंदर स्टील की अंगूठी बेचता था।

एक दिन मुझे एक बड़ा बर्तन मिला, जिसमें एक छेद था और उसे बाहर फेंक दिया गया था। मेरे मन में एक विचार आया और मैंने उसका छेद भर दिया और कैंप में ले आया। मैंने कुछ क़ैदी डॉक्टरों से संपर्क किया। ऑशवित्ज़ में अनेक डॉक्टर थे - शायद दस में से दो - जेल में बंद सभी मध्यवर्गीय जर्मन यहूदी किसी न किसी तरह के डॉक्टर थे। हर सुबह उन्हें बस में भर कर काम के लिए अलग-अलग अस्पतालों में ले जाया जाता था। कभी-कभी उन्हें युद्ध से वापस आने वाले जर्मन घायलों की सेवा करने के लिए मोर्चे पर भी भेजा जाता था। ऐसे समय उन्हें कई दिनों के लिए बाहर रहना पड़ता था। हर दिन उन्हें भुगतान के रूप में आलू दिए जाते थे। एक दिन के काम के लिए चार कच्चे आलू। लेकिन वे कच्चे आलू तो नहीं खा सकते, तो मेरे पास आते थे! मैं चार आलुओं को उबालने के बदले एक आलू वसूलता था। इससे मुझे थोड़ा अधिक खाना मिल जाता था, जिसे मैं कुर्ट के साथ साझा कर सकता था। अक्सर शाम को मैं उन आलुओं को अपनी जेब में भरकर निकलता था और हम रात के खाने के साथ उन्हें खाते थे। एक रात जब मैं घूमते हुए एसएस के सामने से गुज़रा, तो अपनी बदमाशी के लिए कुख्यात एक गार्ड अचानक मेरी पीठ पर मारने के लिए आगे बढ़ा, मैं तुरंत मुड़ा तो उसने आलुओं से भरी जेब पर लात जमा दी। मुझे चोट लगने का दिखावा करके लंगड़ाते हुए आगे बढ़ जाना था, वरना वह मुझे एक लात और जमा देता। मैंने कुर्ट से कहा, 'मुझे माफ़ करना, आज खाने में मैश्ड पोटेटो हैं!'

मैं आपको बताना चाहता हूँ कि यदि आज जीवित हूँ, तो कुर्ट की वजह से ही। मेरे मित्र को बहुत धन्यवाद। हमने एक दूसरे की देखभाल की। यदि हममें से कोई घायल होता या बहुत बीमार पड़ जाता तो दूसरा उसके खाने का इंतज़ाम करता। हमने एक दूसरे को ज़िंदा रखा था। ऑशवित्ज़ में एक क़ैदी का औसत जीवन सात महीने था। कुर्ट के बिना मैं इसके आधे समय तक भी जीवित नहीं रह सकता था। जब मेरे गले में ख़राश हुई और गला ख़राब हो गया, तो उसने अपना स्कार्फ़ आधा फाड़ कर मुझे दे दिया ताकि मुझे आराम मिल सके। लोगों ने जब हमें एक जैसा स्कार्फ़ बांधे हुए देखा तो उन्हें लगा हम भाई-भाई हैं। हम इतने क़रीब थे।

हर सुबह, जागने के बाद काम पर जाने से पहले हम साथ-साथ टहलते, बातें करते थे और इस तरह एक दूसरे की हिम्मत बंधाते थे। मैंने शौचालय की दीवार में एक ईंट खोद रखी थी, उस ईंट के पीछे हम एक दूसरे के लिए साबुन, टूथपेस्ट और चिंदियों जैसे छोटे-छोटे उपहार छिपा कर रखते थे।

हिटलर ने जो अमानवीय जगह बना रखी थी, उसमें जीवित रहने के लिए मित्रता और कृतज्ञता के ये पल ज़रूरी थे। कई लोगों ने हार कर अपना जीवन समाप्त कर लिया था। यह कोई असामान्य बात नहीं थी। बहुत बड़े ऑशवित्ज़ कैंप का एक हिस्सा ऑशवित्ज़ II बिर्कनाऑ बिजली वाले कांटेदार तार की बाड़ से घिरा हुआ था। इस बाड़ को छूना यानी मौत निश्चित थी और इसलिए नाज़ियों को हत्या करने की संतुष्टि देने के बजाय लोग खुद ही अपना जीवन समाप्त करने के लिए इस बाड़ की ओर दौड़ते और उसे पकड़ लेते थे। मैंने अपने दो मित्र इसी तरह खोए थे। मैं उन्हें दोष नहीं देता। निश्चित ही, इस दौरान मेरे मन में भी कई बार मरने के विचार आए थे।

हमें ठंड लगती थी, हम बीमार पड़ते थे। कई बार मैंने कुर्ट से कहा, 'चलो, चलते हैं। ऐसे जीते रहने का क्या अर्थ, क्या कल फिर से तकलीफ़ पाने के लिए हमें ज़िंदा रहना है?'

कुर्ट मना करता रहा। वह मुझे उस बाड़ की ओर जाने ही नहीं देता था।

सबसे महत्त्वपूर्ण बात जो मैंने अब तक सीखी : दूसरों से प्यार करने से ज़रूरी कुछ भी नहीं।

मैं इसे बहुत विस्तार से नहीं समझा सकता, ख़ासतौर पर युवाओं को। मित्रता के बिना इंसान का अस्तित्व कुछ नहीं है। मित्र वह होता है, जो आपको आपके जीवित होने का अहसास कराता है।

ऑशवित्ज़ एक जीवित दुःस्वप्न था, अकल्पनीय भय और संत्रास का स्थान। लेकिन मैं जीवित रहा, अपने मित्र कुर्ट की वजह से। मैं उसका ऋणी हूँ। मैं इसलिए जीवित रहा कि अगले दिन अपने मित्र को दोबारा देख सकूँ, उससे मिल सकूँ। आपके पास सिर्फ़ एक अच्छा मित्र होने से आपकी दुनिया एक नया अर्थ ले लेती है। एक अच्छा मित्र आपकी पूरी दुनिया बन सकता है।

यह हमारे द्वारा खाना, दवाई या कपड़े साझा करने से अधिक महत्त्वपूर्ण बात थी। मित्रता ही आत्मा की सबसे अच्छी औषधि है। और इस मित्रता के सहारे हम असंभव को भी संभव बना सकते हैं।

# अध्याय 7

## *शिक्षा जीवनरक्षक है*

मुझे दूसरा काम मिला कोयला खदान में मज़दूरी करने का। मुझे नहीं पता कि यह मेंगेले के साथ मेरी शुरुआती बहस की सज़ा थी, या क्योंकि मैं अभी-भी काफ़ी तगड़ा था, इसलिए; उन्होंने मुझे कोयले की खदान में काम करने के लिए भेज दिया। हम सात-सात की टीम में काम करते थे, हममें से एक जैकहैमर से कोयले की खुदाई करता था, बाक़ी छह लोग उसे ऊपर लाकर लोडिंग वैगन में भरते थे। बेहद कमर तोड़ काम था, बहुत कठिन, और वहाँ ठीक से खड़े होने तक की जगह नहीं रहती थी - हमें झुक-झुक कर काम करना पड़ता था। हम सुबह 6 से शाम 6 बजे तक काम करते थे और इतने समय में हमें 6 वैगन लोड करने पड़ते थे। हालाँकि हम कड़ी मेहनत करके वैगन भरने का कोटा दोपहर 2 बजे तक पूरा कर लेते थे, ताकि उन नारकीय बिस्तरों पर जाकर पड़ने से पहले कुछ घंटों की नींद ले सकें। काम पूरा करने के बाद हम अपने लैंप बंद कर देते थे और थोड़ी-सी नींद ले लेते थे।

एक दोपहर को जब हम जागे तो देखते क्या हैं - हमारा प्रतिद्वंद्वी, पोलिश ईसाइयों का एक दल हमारी भरी हुए वैगनों से अपनी ख़ाली वैगनों की अदल-बदल कर रहा था। ये लोग भी हमसे नाज़ियों जितनी ही नफ़रत करते थे। वे काम के मामले में बेहद आलसी थे और हमें इसके लिए सज़ा पाते देख कर बहुत खुश थे। बहरहाल, ये मुझे मंजूर नहीं था। जब हम खदान से बाहर निकलते, तो हमें एक क़तार में चलना होता था और अपने हैट उतार कर गार्ड को सम्मान देना पड़ता था। मैं निर्देशों की अवहेलना करते हुए, क़तार तोड़ कर सीधे उसके पास पहुँच गया और उसे जो कुछ हुआ, उसकी जानकारी दी। वह मुझ पर चिल्लाया और वापस क़तार में खड़े होने के लिए कहने लगा। और जब मैंने बहस करने के लिए अपना मुँह खोलना चाहा, तो उसने अपनी मुट्ठी से मेरा मुँह भींच दिया। उसका

एक घूंसा सीधे मेरे कान पर पड़ा और कान के परदे से कुछ देर के लिए ख़ून बहने लगा।

इसके कुछ ही देर बाद मुझे ऑफ़िस में बुलाया गया, जहाँ पहली बार मेरी मुलाक़ात कमांडर इंचार्ज से हुई। उसने मुझसे घटना के बारे में पूछा। मैंने उसे चोरी के बारे में बताया, साथ ही नाज़ी गार्ड द्वारा मुझे मारने की बात भी कही।

'आप हमारी जान लेना चाहते हैं? हमें गोली मार दें। लेकिन हम वैसे भी एक या दो महीने में मर ही जाएँगे, इधर हम इतनी कड़ी मेहनत कर रहे हैं, उधर वे क़ैदी चोरी करके हमारी मेहनत पर पानी फेर रहे हैं।' मुझे छोड़ दिया गया और उसके बाद वे पोलिश ईसाई हमारे कार्यस्थल पर दिखाई नहीं दिए। हर किसी ने मुझे धन्यवाद देते हुए गले से लगाया, लेकिन इसके बाद मैं कई महीनों तक परेशानी में रहा, क्योंकि उस गार्ड ने मुझे बहुत ज़ोर से घूंसा मारा था। मुझे बहुत सिरदर्द होता था और कई दिनों तक साफ़ दिखाई भी नहीं दिया। लेकिन मैं खुश था कि मैंने अपने और अपने साथ काम कर रहे लोगों के अधिकारों के लिए आवाज़ उठाई। भले ही मुझे चोट लगी, लेकिन उस दिन के बाद उन सभी की ज़िंदगी थोड़ी आसान हो गई थी। मेरे लिए यह एक लाभ का सौदा था।

इसके कुछ ही दिनों बाद ही मुझे एक रासायनिक और फ़ार्मास्यूटिकल समूह आईजी फ़ारबेन के एक प्रतिनिधि के साथ मीटिंग के लिए बुलाया गया, और कहा गया कि अब मुझे एक नया काम सौंपा जाएगा। कैंप का निरीक्षण करने वाले एसएस अधिकारी यह समझ चुके थे कि मैं मेकैनिकल और प्रेसिजन इंजीनियरिंग में माहिर हूँ और मुझे आर्थिक रूप से अति-महत्त्वपूर्ण यहूदी की श्रेणी में रखा गया। इन जर्मनों के पास तो हर बात के लिए एक विशिष्ट शब्द होता है।

जब तक मैं काम कर सकता था, जब तक मैं जर्मनों को फ़ायदा पहुँचा सकता था, तब ही तक मैं जीवित रह सकता था। संयोग देखिए, तीन अलग-अलग वजहों से मुझे गैस चैंबर में ले जाया गया और अंदर जाने से 20 मीटर पहले गार्ड ने मेरा नाम, नंबर और पेशा देख लिया और चिल्लाया, '172338 को बाहर निकालो!' और उसने यह तीन बार दोहराया!

मैंने मन ही मन अपने पिता को धन्यवाद दिया, जिन्होंने ऐसे कौशल सीखने पर ज़ोर दिया, जिनसे मेरे जीवन की रक्षा हो सके। वह हमेशा काम को महत्त्व देते थे। उन्होंने इस बात को अच्छी तरह से समझ लिया था कि हमारा समाज ठीक ढंग से चलता रहे, इसके लिए प्रत्येक व्यक्ति को अपना योगदान देना होगा, यही बात देश के मामले में सही बैठती है। और इससे भी आगे, उन्होंने दुनिया के बारे में कुछ

मौलिक बातों को समझा। समाज की मशीनरी हमेशा उस तरह से काम नहीं कर सकती जैसी की उससे अपेक्षा की जाती है। जर्मनी में समाज का ढांचा पूरी तरह से तहस-नहस हो गया, लेकिन इसके कुछ हिस्से समाज को चलाते रहे, और जब तक मेरे पेशेवर कौशल की आवश्यकता रहेगी, मैं भी सुरक्षित रहूँगा।

मैं आईजी फ़ारबेन के लिए मैकेनिकल इंजीनियर बन गया। यह कंपनी यहूदियों के साथ बहुत बुरा सुलूक करने वालों में से एक थी। 30 हज़ार से अधिक लोगों को इनके कारख़ानों में काम करने के लिए मजबूर किया गया था, और इन्होंने जहरीली गैस - ज़िक्लॉन बी की आपूर्ति की, जिसने गैस चैंबर में दस लाख से अधिक लोगों को मार डाला।

हालाँकि एक तरह से मैं कारख़ानों का आभारी हूँ। यदि ये नहीं होते तो हम मर जाते। ऑशवित्ज़ में दस लाख से अधिक यहूदी मारे गए, लेकिन ऐसे अन्य शिविर भी थे, जहाँ कोई काम नहीं था और एसएस को पूरी तबाही मचाने के अपने सपने को पूरा करने में कोई बाधा नहीं थी। कारख़ाने के मालिक हमें ज़िंदा रखना चाहते थे और हमें काम करते रहने के लिए विटामिन और ग्लूकोज़ के इंजेक्शन देते थे। हमें स्वस्थ रखना उनके ही हित में था।

एसएस की प्राथमिकताएँ कुछ और ही थीं। वे हमें मार डालना चाहते थे। उन्हें निर्देश दिए गए थे यथासंभव अधिकाधिक लोगों को मार डाला जाए। हिटलर ने दुनिया से यहूदियों का अस्तित्व पूरी तरह से समाप्त करने (फ़ाइनल सॉल्यूशन) का आदेश दिया था। यातना शिविर ना केवल हमारा साहस तोड़ने के लिए थे, बल्कि हमें पूरी तरह से नष्ट करने के लिए भी थे। फ़ाइनल सॉल्यूशन को कारगर बनाने वाले उच्च श्रेणी के नाज़ियों ने बंधुआ मज़दूरी को *श्रम के माध्यम से विनाश* कहा। वे प्रत्येक यहूदी को मारने के लिए दृढ़ संकल्प थे, पर वे शायद ही हमें इतनी तेज़ी से मार पाए। इससे कोई फ़र्क़ नहीं पड़ा कि हममें से कितने लोगों को गोली मारी गई, छुरा घोंपा गया, पीट-पीटकर मार डाला और गैस चैंबर में डाला गया, हर दिन ट्रेन से लोग पहुँचते ही रहे।

एक समय ऐसा भी आया कि कुछ क़ैदियों ने इस अत्याचार का सामना भी किया। बिरकेनॉ की कुछ महिलाओं ने निर्माण आयुध क्रप के लिए काम किया था, और वे अपने काम से छुपा कर विस्फोटक लेकर आई थीं। हर दिन, भट्ठी को ठंडा करने के लिए दो घंटे के लिए बंद रखा जाता था, जब भट्ठी ठंडी हो गई तो ऑपरेटर्स अंदर गईं और वहाँ पर विस्फोटकों को बिछा दिया। जब पुरुष भट्ठी को दोबारा जलाने के लिए अंदर गए तो शवदाहगृह उड़ गए। इस तरह, एक महीने के लिए हमारे पास ना तो शवदाहगृह थे, ना गैस चैंबर। हमें लगा कि यह तो बहुत अच्छा हुआ। धुआँ नहीं, लाशों की बदबू नहीं। लेकिन फिर उन्होंने और भी अच्छी भट्ठियाँ बना लीं, और स्थितियाँ और भी बदतर हो गईं।

आईजी फ़ारबेन वर्कशॉप के फ़ोरमैन के नाते मैं सभी तरह के हाईप्रेशर एयर पाइप्स के रख-रखाव का प्रभारी था, जो जर्मन सेना के लिए आपूर्ति करने वाली सभी प्रकार की मशीनों को चलाती थी। मुझ पर हवा के दबाव को नियंत्रित करने की भी ज़िम्मेदारी थी। मेरे गले में एक संकेतक लटका रहता था, जिसमें लिखा था कि यदि कोई पाइप लीक होता हुआ पाया गया, तो मुझे फाँसी पर लटका दिया जाएगा।

वहाँ 200 से अधिक मशीनें थीं, जिनमें से प्रत्येक की देख-रेख करने वाला एक कर्मचारी था, और मैं उन सभी का प्रभारी था। कैंप में मैं ही अकेला ऐसा व्यक्ति था, जो मशीनों को चालू रखने वाले प्रेशर गेज की मरम्मत कर सकता था। एक बार में सभी मशीनों की निगरानी करना असंभव काम था, इसलिए मैंने एक उपाय सोचा। मैंने 200 सीटियाँ बनाईं और फ़ैक्ट्री के हर क़ैदी को एक सीटी दे दी। यदि उन्हें किसी मशीन में प्रेशर कम होता हुआ मालूम पड़ता तो वे सीटी बजा देते और मैं भाग कर सुधारने के लिए पहुँच जाता। वहाँ पर कई तरह की मशीनें थीं, जो गोला-बारूद से लेकर रसायन तक बनाती थीं, और फ़ैक्ट्री को इस तरह बनाया गया था कि यदि एक मशीन बंद पड़ जाए, तो सभी बंद हो जातीं और मेरी मौत पक्की। मैंने एक साल वहाँ काम किया, एक बार भी कोई मशीन बंद नहीं पड़ी।

और एक आश्चर्य - उन 200 ऑपरेटरों में से एक मेरी बहन थी! वह सिलेक्शन से बच गई थी और ऑशवित्ज़ II-बिरकेनॉ परिसर के दूसरे प्रमुख शिविर के महिला खंड में रखी गई थी। जब मैंने उसे पहली बार, फिर से देखा तो मुझे थोड़ा दुःख हुआ। वह बहुत ख़ूबसूरत और गोरी-चिट्टी थी। उसके बाल चमकीले थे। और अब वह एक क़ैदी थी, उसका सिर मुंडवा दिया गया था और जेल की वर्दी उसकी दुबली-पतली काया पर लटकी हुई थी, जो भूख से दुर्बल हो चुकी थी। मुझे यह जानकर तो खुशी हुई कि वह बच गई, लेकिन मैं मायूस भी बहुत था, क्योंकि मैं जानता था कि वह कितनी पीड़ा झेल रही थी। मुझे उसे आख़िरी बार देखे तीन महीने हो चुके थे। ट्रेन से उतरने के बाद वह ग़ायब हो गई थी और उसी दिन हमारे माता-पिता की मौत हुई थी। दुःख तो इस बात का भी था कि हम कभी बात नहीं सकते थे। हम यह भी ज़ाहिर नहीं कर सकते थे कि हम रिश्तेदार हैं, क्योंकि मालूम होने पर नाज़ी और उनके सहयोगी हमारे विरुद्ध इसका उपयोग कर सकते थे। सबसे अच्छा जो हम कर सकते थे, वह था एक दूसरे की झलक देख लेना या उसकी मशीन के पास से गुज़रते हुए उससे एकाध वाक्य बोल लेना। माता-पिता के ना रहने पर मैं ना तो उसे गले लगा सकता था, ना सांत्वना दे सकता था।

उसका काम बहुत कठिन था। वह जर्मन सेना को भेजने के लिए गोलियाँ काटती थी, जो बहुत गर्म होती थीं और इनमें से चिंगारी निकलती थी। आग के जोखिम को कम करने के लिए उसे ठंडे पानी की टंकी में खड़ा होना पड़ता, जो

एक रेफ़्रिजेरेटेड टैंक से चलती थी। दिन-भर वह ठंडे पानी में खड़ी रहती थी, जो उसके स्वास्थ्य के लिए बहुत ख़तरनाक बात थी।

मेरा काम भी कोई आसान नहीं था। इतने सारे पाइप थे कि मुझे उनका प्लेसमेंट निर्धारित करने के लिए एक ऊँचे टॉवर पर चढ़ना पड़ता था, जो कहीं ऊँचा तो कहीं नीचा होता था। मेरे पास केवल क़ैदियों वाली वर्दी थी और टॉवर पर बहुत अधिक ठंड होती थी। खुली हवा में जमती हुई बर्फ़ के बीच। तापमान अक्सर शून्य से 28 डिग्री नीचे रहता था।

एक दिन, हो सकता है मुझे नींद लग गई हो, क्योंकि सिर में झनझनाहट के साथ मैं जागा। मेरे गार्ड ने मुझे जगाने के लिए एक पत्थर दे मारा। इसके कारण मेरे सिर पर बड़ा-सा घाव हो गया, यह देखते ही गार्ड घबरा गया और भाग कर मेरे पास आया, उसे डर लग रहा था कि उसने मुझे मार डाला। एक इकोनॉमिकली इंडिस्पेंसिबल यहूदी की जान लेना तो उसके लिए भी भारी पड़ सकता था। ख़ून को बहने से रोकने के लिए उसने मेरे सिर पर एक तौलिया रखा और फिर मुझे एक फ़ील्ड हॉस्पिटल में ले गया। मुझे 16 टाँके लगाने पड़े। अस्पताल में दाख़िल होते ही हम उस कमरे के पास से गुजरे जहाँ एक न्यूरोसर्जन उच्च पदस्थ नाज़ी अधिकारी का ऑपरेशन कर रहा था, वह उसके सिर में फंसी गोली निकाल रहा था। जिस मशीन का उपयोग वह सर्जन कर रहा था, उसे देख मैंने चिल्लाकर उसका नाम लिया। और मुझे पता था कि इसे कैसे सुधारना है। चार दिन बाद जब मैं लौटा, तो उस न्यूरोसर्जन ने मुझसे संपर्क किया। मैं अभी-भी पूरी तरह से स्वस्थ नहीं हुआ था। वह प्रोफ़ेसर न्यूबर्ट, एक बड़े न्यूरोसर्जन और एक हाई रैंकिंग एसएस ऑफ़िसर थे। वह जानना चाहते थे कि मुझे इस विशिष्ट चिकित्सा मशीन का नाम कैसे पता चला।

'मैं इन्हें बनाता था,' मैंने बताया।

'क्या तुम उनके लिए और बनाओगे?'

'हाँ, लेकिन जिस *कोमैन्डो* में हूँ, वहाँ पर नहीं।'

उन्होंने मुझे एक अत्यधिक विशिष्ट ऑपरेटिंग टेबल बनाने की नौकरी का प्रस्ताव दिया, जिसका उपयोग न्यूरोसर्जरी में किया जाना था। तीन महीनों के लिए मुझे टेबल के डिज़ाइन और निर्माण के नए काम पर रख लिया गया।

मेरे पिता के विचार दूसरी बातों की ही तरह शिक्षा और काम के महत्त्व के बारे में भी बिलकुल सही थे। मेरी शिक्षा ने मेरी जान बचाई, एक बार नहीं, कई बार।

# अध्याय 8

## *यदि आप नैतिकता खोते हैं, तो आप स्वयं को खो बैठते हैं*

नाज़ियों के संबंध में यह बात थोड़े ही समय में साबित हो गई। नाज़ी शासन में काम करने वाला जर्मन व्यक्ति पहले से ही बुरा आदमी नहीं था - वह कमज़ोर था और उसे आसानी से अपने पक्ष में किया जा सकता था। और धीरे-धीरे इन कमज़ोर लोगों ने पहले अपनी सारी नैतिकता खो दी और फिर मानवता भी। वे ऐसे पुरुष बन गए जो दूसरों को यातना देने के बाद घर जाकर अपनी पत्नियों और बच्चों का सामना भी कर सकते थे। मैंने देखा है कि कैसे उन्होंने बच्चों को उनकी माँ से छीना और उनके सिर दीवार से दे मारे थे। मुझे समझ में नहीं आता कि इसके बाद वे चैन से कैसे खा-पी सकते थे, सो पाते थे?

एसएस कई बार तो हमें मज़े के लिए पीटते थे। उनके पास स्टील की टोकैप वाले विशेष जूते थे, जो सामने की ओर नुकीले थे। उनका एक खेल था। वे प्रतीक्षा करते थे कि कब आप उनके सामने से गुज़रें। फिर वे नितंबों और पैरों के जोड़ वाली नरम जगह पर *हुर्रे! हुर्रे!* चीख़ते हुए जितनी ज़ोर से संभव हो उतनी ज़ोर से लात मारते थे। ऐसा वे बिना वजह करते थे। उन्हें परपीड़ा में आनंद मिलता था। इसके कारण जो घाव होते थे वे गहरे और बहुत कष्टप्रद होते थे। चूंकि हमें ना तो अच्छा भोजन मिलता था, ना आराम - इसलिए इन्हें ठीक होने में बहुत समय लग जाता था। बस एक ही उपाय रहता था, घाव में चिंदियाँ भर कर ख़ून का बहना रोका जाए।

एक बार एक जर्मन सैनिक मुझसे आकर टकरा गया और उसने मुझे धक्का दिया और यह कहते हुए ज़ोरदार लात जमाई कि जल्दी करो। उस समय मैं रुका, उसकी आँखों में आँखें डालकर पूछा, 'क्या तुम्हारी आत्मा मर गई है? तुम्हारे पास दिल नहीं है? तुम मुझे मार क्यों रहे हो? क्या तुम मेरी जगह काम करोगे? मैं तुम्हारे कपड़े उतारता हूँ, तुमसे खाना छीन लेता हूँ और फिर हम देखेंगे कि कौन कितना काम करता है?'

उसके बाद वह व्यक्ति मेरे साथ कभी नहीं उलझा। जब वह अकेला था तो उसमें ना साहस था, ना ही वह भयानक था।

एक और बार, मैं कैंप से गुज़र रहा था तो एक एसएस ने मेरी नाक तोड़ दी। मैंने पूछा क्यों तो उसका जवाब था, क्योंकि मैं *यहूदी कुत्ता* हूँ और उसने मुझे फिर से चोट पहुँचाई।

हालाँकि यह सच नहीं था। नाज़ी अपने कुत्तों के साथ क़ैदियों की तुलना में बेहतर व्यवहार करते थे। ख़ास तौर पर एक महिला एसएस गार्ड थी, जो अन्य लोगों की तुलना में अधिक क्रूर थी और हम सभी उससे डरते थे। वह अपने हाथ में एक छड़ी लेकर चलती थी और उसके साथ बड़े, हमलावर जर्मन शेफ़र्ड कुत्ते चलते थे। वह उन कुत्तों के प्रति बड़ी दयालु थी और उन्हें *माय डार्लिंग* कहती थी। एक दिन ऑशवित्ज़ में रह रहे छोटे बच्चों में से एक ने मुझे बताया कि वह बड़ा होकर कुत्ता बनना चाहेगा, क्योंकि नाज़ी अपने कुत्तों को बड़े प्यार-दुलार से पालते हैं।

एक सुबह हम अपने काम पर जा रहे थे, हम दस लोगों की क़तार थी। उत्साह बनाए रखने के लिए हँसी-मज़ाक़ करते हुए चल रहे थे। हममें से एक व्यक्ति ज़ोर से हँस पड़ा और उसी समय यह एसएस महिला आ गई और उसने पूछा कि ऐसी कौन-सी मज़ेदार बात है।

'मज़ेदार से क्या मतलब है?' मैंने उससे पूछा। 'ऑशवित्ज़ में ख़ुश होने जैसा कुछ नहीं है।'

वह गुस्से से लाल-पीली हो गई और उसने मुझे मारने के लिए हाथ लहराया, लेकिन मैं थोड़ा हट गया और मैंने अपना चेहरा बचा लिया, चोट मेरे सीने पर लगी। इससे कोई परेशानी नहीं होती, पर मैंने अपनी शर्ट के अंदर प्रतिबंधित टूथपेस्ट का ट्यूब छिपा रखा था, उसने जब मुझे मारा तो ट्यूब फटा और पेस्ट इधर-उधर फैल गया। और हम सब ठहाके लगाकर हँसने लगे। वह झुंझला गई और उसने मुझसे बदला लेने की ठान ली।

मेरी पीठ पर सात कोड़े मारे गए। मुझे एक खंभे से जकड़ा गया, मेरे पैरों को भी बाँध दिया गया और फिर दो तगड़े लोगों ने मुझ पर कोड़े बरसाना शुरू किया। तीसरे कोड़े के समय मेरी खाल फट गई, ख़ून बहने लगा। बहुत गहरी चोटें लगी थीं, इन्फ़ेक्शन की पूरी आशंका थी और आसपास कहीं भी मरहम-पट्टी का इंतज़ाम नहीं था। कोई व्यवस्था नहीं थी।

इसके बाद मुझे तीन घंटे के लिए एक पिंजरे में निर्वस्त्र खड़ा कर दिया गया। हर आते-जाते की नज़र मुझ पर पड़ रही थी। और जब भी ठंड, कमज़ोरी और थकान के कारण मैं गिरने को होता, पिंजरे की दीवारों पर लगी नुकीली कीलें मुझे चुभतीं और मैं उठ जाता। उन्होंने मेरी पीठ की इतनी दुर्गति की थी कि तीन सप्ताह

तक मुझे पूरी रात चलते-फिरते रहना पड़ता था और बैठे-बैठे, अपनी पीठ दूसरे की पीठ से टिका कर सोना पड़ता था। मैं जब भी जागता और उठने की कोशिश करता तो गिर पड़ता था। मुझे किसी न किसी की मदद लेनी पड़ती थी।

कुछ और भी क़ैदी थे, जो ऐसे नीच क़ैदियों (कापो) और सहयोगियों के विरुद्ध हो गए थे, जिन्हें नाज़ियों ने हम बाक़ी कैदियों के बीच ओवरसियर के रूप में काम करने की अनुमति दी थी। हमारा कापो तो वास्तव में कमीना था, वह ऑस्ट्रेलिया का एक यहूदी था, जिसने नाज़ियों से सिगरेट, नशीले पदार्थ और अच्छे गर्म कपड़े पाने के लालच में कई लोगों को गैस चैंबर में भेज दिया था। उसने अपने चचेरे भाई को भट्ठी में भेज दिया। राक्षस कहीं का।

एक दिन वह गश्त लगाते हुए छह हंगेरियन बुज़ुर्ग पुरुषों के एक समूह के पास आ गया। ये लोग काम के बीच थोड़ा-सा आराम करने के लिए बैठे थे और पेट्रोलियम कोक की जलती हुई बैरल से हाथ गर्म कर रहे थे। हमें ऐसा करते रहना पड़ता था, क्योंकि हमें दस्ताने तो मिलते नहीं थे और ठंड इतनी अधिक पड़ती थी कि अंगुलियाँ काम नहीं कर पाती थीं। उसने कोड़े बरसाने के लिए उन सभी के नंबर नोट कर लिए। मैं जानता था कि कोड़ों की मार से वे ज़िंदा नहीं बच पाएँगे, क्योंकि मैं पहले मार खा चुका था, उन लोगों को बचाने की ग़रज़ से मैं चिल्लाया कि उनकी जगह मुझे कोड़े मारे जाएँ। लेकिन वह जानता था कि वह मुझे नहीं मार सकता, क्योंकि मैं इकोनॉमिकली वैल्यूएबल था और मुझे तंग करने का मतलब था खुद को परेशानी में डालना। इसलिए उसने उन सब पर ही कोड़े बसराए और उन्हें मार डाला।

उसे किसी को जवाब देने की आवश्यकता नहीं थी। उसने ऐसा केवल अपने लालच के चलते किया। कितना अमानवीय था यह।

इस तरह का व्यवहार देख कर मैं अपने प्रति सच्चा बने रहने, अपने सम्मान को अक्षुण्ण बनाए रखने के लिए पहले से कहीं अधिक दृढ़ संकल्प हो गया। यह आसान नहीं था। भूख हमारा पीछा नहीं छोड़ती थी। यह जिस तेज़ी से हमारी शक्ति को छीन रही थी, उसी गति से हमारा मनोबल भी तोड़ रही थी। एक रविवार को मुझे मेरे हिस्से की ब्रेड मिली। मैं उसे चारपाई पर रख कर अपना सूप लेने के लिए गया। लौट कर देखता क्या हूँ कि मेरी ब्रेड का टुकड़ा ग़ायब था। मेरे बैरक़ के किसी क़ैदी ने शायद उसे चुरा लिया था। कुछ लोग कहते थे - यह तो होना ही था। सवाल ज़िंदा रहने का था। लेकिन मैं असहमत हूँ। ऑशवित्ज़ में योग्यतम की उत्तरजीविता थी, लेकिन किसी और की क़ीमत पर नहीं।

मैंने अपनी सभ्यता कभी नहीं छोड़ी। मैं जानता था कि अपने भीतर के राक्षस को जगा कर जीने का कोई अर्थ नहीं है। मैंने किसी भी क़ैदी को परेशान नहीं किया, किसी का खाना नहीं चुराया, बल्कि मैंने यथासंभव अपने साथियों की मदद की।

केवल खाना ही सब कुछ नहीं है। आपकी नैतिकता के लिए कोई दवा नहीं है। यदि आप अपनी नैतिकता खो देते हैं, तो कुछ शेष नहीं रह जाता, आप समाप्त हो जाते हैं।

और भी कई ऐसे लोग थे, जिन्हें अपनी इच्छा के विरुद्ध नाज़ी तौर-तरीक़ों से काम करना पड़ा रहा था। कभी-कभी फ़ैक्ट्री में काम करते समय कोई गार्ड मेरे पास आता और कानों में फुसफुसाता, 'तुम्हारे टॉयलेट ब्रेक का टाइम क्या है?' और जब मैं अपना ब्रेक लेकर वापस आता, तो मेरे स्टॉल पर दूध-दलिया रखा हुआ मिलता। यह पर्याप्त नहीं होता था, पर इससे मुझे ताक़त तो मिलती ही थी। और मेरे अंदर आशा जागती थी कि इस दुनिया में अभी-भी अच्छे लोग हैं।

लेकिन, अक्सर अच्छे जर्मन अपनी पहचान साबित नहीं कर पाते थे। उन्हें यह जानना ज़रूरी था कि आप भरोसे के क़ाबिल हैं। यदि वे किसी यहूदी की मदद करते हुए पकड़े जाएँ, तो उनकी भी मौत पक्की थी। ज़ुल्म करने वाला भी उतना ही डरा हुआ था, जितना ज़ुल्म सहने वाला। यह है फासीवाद - एक ऐसी व्यवस्था, जो सबको अपना शिकार बनाती है।

एक ऐसा शख़्स था, जो आईजी फ़ारबेन फ़ैक्ट्री में बंदियों को खाना पहुँचाने का काम करता था, उससे मेरी दोस्ती हो गई। उसका नाम क्राउस था और जैसे-जैसे समय बीतता गया, हम एक दूसरे को अच्छे से जानने लगे। वह आम नागरिक था, नाज़ी नहीं, और उसके लिए जब भी संभव होता, वह मुझे थोड़ा अतिरिक्त खाना दे देता था। वे लोग गाड़ियों में खाना भर कर लाते थे, हम सब अपने टीन के प्याले लेकर क़तार में खड़े हो जाते थे और वे हमें बैरल में भरा हुआ दलिया परोसते थे। खाना बहुत ख़राब होता था, लेकिन इस अतिरिक्त खाने से मेरे जीवित रहने की संभावना थोड़ी और बढ़ जाती थी।

एक बार, उसने मुझे अकेला पाकर मुझसे कहा कि उसके पास एक ऐसी योजना है, जो मुझे भागने में मदद कर सकती है। उसने डिलीवरी ड्राइवर के लिए भोजन के ड्रमों में से एक को पीली पट्टियों से रंगने की व्यवस्था की थी। इस ड्रम के अंदर एक सांकल लगाने की व्यवस्था की गई। मुझे बताया कि जब यह ख़ाली होगा, मुझे इसके अंदर जाकर सांकल को इतनी ज़ोर से खींचना होगा कि ड्रम अच्छे से सील हो जाए। उसके बाद उस ड्रम को ट्रक में लोड किया जाएगा। वह मुझे ट्रक के पिछले बाएँ कोने पर बिठाएगा और जब वह कैंप से बाहर निकलेगा और रास्ता साफ़ देखेगा तो यह संकेत देने के लिए कि हम ऑशवित्ज़ और कारख़ाने के आधे

रास्ते में हैं – सीटी बजाएगा। उसके बाद मुझे अपने वज़न से ड्रम को घुमा–घुमा कर ट्रक के किनारे लाकर नीचे गिराना होगा।

हमने इस योजना को सफल बनाने के लिए बहुत मेहनत की। और फिर, जिस दिन मुझे निकलना था, मैं बड़ा बेचैन था, पर ड्रम में चढ़ते ही मुझमें उत्साह जाग गया। और जब ड्रम को ट्रक में चढ़ाया जाने लगा, मैंने अपनी प्यारी ज़िंदगी को बचाने के लिए ड्रम के अंदर सांकल को जम कर पकड़े रखा था, अपनी सांसें रोके रखीं थीं। ट्रक के चलने की आवाज़ मुझे सुनाई दी और मैंने अनुभव किया कि यह बड़ी तेज़ी से आगे बढ़ता जा रहा है। मैंने ड्राइवर की सीटी की आवाज़ भी सुनी, यह संकेत था कि अब मुझे अपने आपको ट्रक से बाहर की ओर फेंकने के लिए घूमना है।

ड्रम बाहर गिर गया और मुझे लेकर पहाड़ियों से नीचे लुढ़कने लगा, किसी टर्बाइन की तरह। मैंने अब भी भीतर की सांकल मज़बूती से पकड़े रखी थी, क्योंकि बैरल बड़ी तेज़ी से लुढ़कता ही जा रहा था। अंततः वह एक पेड़ से अचानक टकराया और रुक गया। मैं चक्कर खाने लगा, थोड़ी अंधरूनी चोट लगी, लेकिन मैं सकुशल था। और मैं आज़ाद था! योजना ने ठीक तरह से काम किया। सिवाय एक बात के। अतिउत्साह में हम यह भूल गए थे कि मैं तो ऑशवित्ज़ कॉन्संट्रेशन कैंप की वर्दी में ही था, मेरी बाँह और मेरी पीठ पर क़ैदी नंबर गुदे हुए थे। ऐसी हालत में, मैं कहाँ जा सकता था? और जल्दी ही कड़ाके की ठंड के साथ शाम होने वाली थी। मेरे पास जैकेट नहीं थी। फ़ैक्ट्री में काम शुरू करने से पहले हम अपने कोट उतार कर रख देते थे। तो अब मेरे पास केवल क़ैदियों वाली शर्ट थी। मुझे मदद चाहिए थी।

मैं जंगल के बीच कुछ देर चलता था और फिर मुझे एक अकेला मकान दिखाई दिया, जिसकी चिमनी से धुआँ निकल रहा था। मैं वहाँ तक पहुँचा और दरवाज़े पर दस्तक दी। एक पोलिश आदमी ने दरवाज़ा खोला। मैं केवल जर्मन और फ़्रेंच ही जानता था, पोलिश नहीं। मैंने अपनी दोनों भाषाओं में उससे मदद करने का आग्रह किया, मैंने कहा कि मुझे एक शर्ट चाहिए। उसने कुछ कहे बिना मुझे घूर कर देखा और फिर गलियारे से होते हुए बड़े से हॉल में गया, इसके दोनों ओर कम्रे बने हुए थे। जब वह आख़िरी कमरे में गया तो मुझे बड़ी राहत महसूस हुई कि निश्चित ही मुझे मदद मिल जाएगी।

जब वह लौटा, तो उसके हाथ में शर्ट नहीं, एक राइफ़ल थी। जैसे ही उसने मुझ पर निशाना साधा, मैंने पीछे मुड़ कर भागना शुरू कर दिया। वह मुझ पर एक, दो, तीन और कई गोलियाँ चलाता रहा और मैं अपनी जान बचाने के लिए आड़ा-तिरछा भागता रहा। उसके लिए छठवीं गोली भाग्यशाली साबित हुई, क्योंकि यह मेरी बाईं पिंडली में जाकर लगी। मैं चीख़ पड़ा, लेकिन उससे बच निकलने में कामयाब रहा। मैंने अपनी शर्ट फाड़ी और ख़ून रोकने के लिए पट्टी बाँध ली। मैं

सोचने लगा कि अब क्या करूँ। इस विचार से मैं डर गया कि यदि स्थानीय पोलिश लोग भी जर्मनों की तरह मेरे दुश्मन होंगे तब तो मेरा जीवित रहना संभव नहीं है।

मेरे पास एक ही विकल्प शेष था – चोरी-छिपे ऑशवित्ज़ लौटना।

मैं लंगड़ाते हुए उस पहाड़ी पर पहुँचा जहाँ से श्रमिकों की पारी अपना काम ख़त्म करके फ़ारबेन कारख़ाने को लौटने वाली थी। मैंने एक योजना बनाई। मैं जानता था कि जब वे लौटते हैं तो बहुत शोर होता है – हज़ारों पैर परेड कर रहे होते हैं, जर्मन चिल्लाते हैं, कुत्ते भौंकते हैं। इस शोरगुल में, मैं सड़क किनारे छिप कर बैठा रहूँगा और जब इनकी टुकड़ी गुज़रेगी तो चुपचाप उसमें शामिल हो जाऊँगा।

मेरी योजना काम कर गई और मैं उस समूह में शामिल हो गया। मैं चुपचाप ऑशवित्ज़ आ गया, अपने बैरक़ में भी चला गया, और नाज़ियों को पता भी नहीं चला कि मैं ग़ायब हो गया था। मेरे भागने का एक ही निशान था – मेरे पैर में लगी पोलिश गोली।

क्या मुझे उस आदमी से नफ़रत है? नहीं, मैं किसी से नफ़रत नहीं करता। वह तो एक कमज़ोर आदमी था और शायद उतना ही डरा हुआ था, जितना मैं। उसने अपने भय को अपनी नैतिकता पर हावी होने दिया। और मैं जानता हूँ कि दुनिया में हर क्रूर व्यक्ति के भीतर एक दयालु हृदय भी होता है। मैं अपने अच्छे मित्रों की वजह से एक और दिन जीवित रह सकूँगा।

# अध्याय 9

## *मानव शरीर अब तक बनाई गई सबसे अच्छी मशीन है*

कैंप के अंदर वापस आने के बाद मैं डॉ. किंडरमैन को खोजने के लिए दौड़ा। उनका संबंध फ़्रांस के शहर नीस से था, बड़े भले व्यक्ति थे और मेरी उनसे मित्रता हो गई थी। मैंने धीरे से कहा, 'किंडरमैन महोदय, मेरे पैर में एक गोली है, क्या आप इसे बाहर निकालने की कृपा करेंगे?'

मैं ब्लॉक 14 में था और डॉ. किंडरमैन ब्लॉक 29 में, लेकिन उन्होंने मुझसे उस रात ब्लॉक 16 के शौचालय में मिलने के लिए कहा। यह एकमात्र ऐसा शौचालय था, जिसमें दरवाज़ा लगा हुआ था। वहाँ वो गोली को निकालने के लिए सर्जरी करने वाले थे। दरवाज़े में कुंडी नहीं थी, इसलिए सर्जरी के दौरान मुझे दरवाज़ा पकड़ कर रखना पड़ा था। उनके पास औज़ार नहीं थे, लेकिन उन्होंने कहीं से हाथीदांत का लेटर ओपनर जुटा लिया, यह एक छोटे-से चाकू जैसा था। डॉक्टर ने मुझे समझा दिया था कि सर्जरी करते समय नारकीय यातना होगी, पर हमारे पास एक प्लान है। ऑशवित्ज़ के पास एक कैथोलिक कॉन्वेंट था, जो ब्लॉक 16 से बहुत दूर नहीं था। हर शाम यहाँ नन बहुत ज़ोर से घंटे बजाती थीं। हमने उस रात कैंप में चर्च के घंटे बजने का इंतज़ार किया, क्योंकि इनकी आवाज़ के बीच मेरे दर्द की कराहट दबने वाली थी। जब यह सब शुरू हुआ तो इसके बाद उन्होंने ऑपरेशन शुरू किया। जैसा कि उन्होंने कहा था, मुझे बहुत दर्द हुआ! लेकिन बस एक लेटर ओपनर और ज़ोरदार झटके के साथ डॉक्टर ने मेरे पैर से बुलेट निकाल दी। उन्होंने मुझे अपनी अंगुलियों को चाट कर घाव पर थूक को रोगाणुनाशक की तरह लगाने के लिए कहा। साबुन और गर्म पानी के बिना घाव को साफ़ करने का यही एकमात्र तरीक़ा था। हर रात को वह मुझसे शौचालय में मिलते और घाव को साफ़ करने में मेरी सहायता करते थे। और तीन महीनों के भीतर मेरा घाव पूरी तरह से ठीक हो गया। निशान आज भी बाक़ी है, पर मैं बच गया। डॉ. किंडरमैन का धन्यवाद।

मुझे यह बताते हुए बहुत दुःख हो रहा है कि युद्ध समाप्त होने के बाद जब मैंने डॉ. किंडरमैन को खोजने का प्रयास किया तो मुझे उनके ना रहने की ख़बर मिली। उन्होंने उस रात मेरी जान बचाई और मैं जीवन-भर उनका ऋणी रहूँगा। और उस समय उन्होंने मुझे जो सलाह दी, वह सर्जरी से भी अधिक महत्त्वपूर्ण थी। उन्होंने कहा था, 'एडी, यदि तुम जीवित रहना चाहते हो तो काम से लौटने के बाद लेट जाओ, आराम करो, अपनी ऊर्जा को बचाओ। एक घंटे का आराम तुम्हें दो दिन का जीवन देगा।'

कुछ लोग काम से बैरक़ में लौटने के बाद इधर-उधर दौड़ते-भागते रहते थे। कुछ लोग अतिरिक्त भोजन की तलाश करते थे, कुछ लोग परिवार और दोस्तों को तलाशते रहते थे। कभी-कभी लोग अपने प्रियजनों को तो ढूंढ़ लेते थे, लेकिन उन्हें अतिरिक्त भोजन नहीं मिल पाता था। ऐसी दौड़-भाग करने का मतलब था अपनी क़ीमती ऊर्जा को बर्बाद करना। मैंने अधिकाधिक बचाने का प्रयास किया। मैं जानता था कि व्यर्थ भागदौड़ में ख़र्च होने वाली प्रत्येक कैलोरी का उपयोग मैं अपने आपको गर्म रखने, घावों को भरने और अपने आपको जीवित रखने के लिए कर सकता था।

ऑशवित्ज़ में जीवित रहने का यही एकमात्र तरीक़ा था - हर दिन किसी एक समय अपने शरीर पर ध्यान केंद्रित करना। अगले दिन जीवित बचे रहने के लिए आज कुछ समय अपने लिए देना होगा। जो लोग इसी चिंता में समय बिताएँगे कि उन्होंने क्या खो दिया - जीवन, पैसा या परिवार - तो वे जी ही नहीं पाएँगे। ऑशवित्ज़ में ना कोई भूतकाल था, ना भविष्य - जो महत्वपूर्ण था, तो वह यह कि केवल अस्तित्व बचाए रखना था। हमने इस नारकीय जीवन को अपना लिया था, अन्यथा हमारा बचना मुश्किल था।

एक दिन हंगेरियन लोगों का सामान पहुँचा तो उन्होंने राशन बचाने का विचार किया। उन्होंने अपनी ब्रेड का आधा टुकड़ा खाया और आधा बचा लिया और उसे काग़ज़ में लपेट कर रख दिया। हमें गुस्सा आ गया। उन्हें समझ नहीं आ रहा था कि वे क्या कर रहे हैं। अगर नाज़ियों ने उनकी छिपाई हुई ब्रेड देख ली तो वे उन्हें पीटेंगे और कहेंगे कि हम जितना खाना देते हैं, यहूदी उतना खा नहीं पाते और इसी तर्क के आधार पर हमारा खाना भी कम कर देंगे। और हमें जो राशन मिल रहा था, वह वैसे भी हमें स्वस्थ रखने के लिए पर्याप्त नहीं था। हम हर दिन भूखे रहते थे, दिन-ब-दिन दुबले होते जा रहे थे। भूख से बेसुध होने की नौबत आ गई थी।

एक फ़्रांसीसी यहूदी, जो मेरे साथ चारपाई साझा करता था, युद्ध से पहले रसोइया था और उसे रात में खाने के सपने दिखाई पड़ते थे। नींद में वह स्वादिष्ट फ़्रांसीसी व्यंजनों के नाम ले-लेकर रोता था। मेरे अलावा कोई उसकी ओर ध्यान नहीं देता था, लेकिन मैं भूखे पेट, तरह-तरह के स्वादिष्ट व्यंजनों का नाम सुनते हुए

जागता रहता था। आख़िर में एक रात को मैंने उसे हिला कर जगाया, और फ्रेंच में कहा, 'यदि तुम पेस्ट्रियों का नाम लेना बंद नहीं करोगे तो मैं तुम्हें मार डालूँगा!'

ऑशवित्ज़ में अस्तित्व का संकट था। लेकिन अच्छे मित्र के बिना जीवित रहना संभव नहीं था। उन लोगों की दया और मित्रता के बिना तो मैं एक महीना भी जीवित नहीं रह सकता था, जो मेरी मदद करने के लिए कुछ भी करने को तैयार थे।

हर सुबह, जब पास के कॉन्वेंट में सुबह 5 बजे प्रार्थना के लिए घंटी बजाई जाती, तो कुर्ट और मैं स्नानागार में मिलते और अपना छोटा-सा साबुन साझा करते थे। मैं हर महीने एक नाई को अपने सिर मुंडवाने के बदले ब्रेड का एक छोटा टुकड़ा दे देता था। हम जूं से बचना चाहते थे। हमने एक दूसरे को ज़िंदा रखने का हरसंभव प्रयास किया।

लगभग चार महीनों तक हम रोज़ सुबह कॉफ़ी पीते थे। वह बहुत अच्छी तो नहीं रहती थी - ऐसा लगता था कि असली कॉफ़ी का रीक्रिएशन है। लेकिन उन शुरुआती चार महीनों में हम लालच के वशीभूत उसे पीते रहे। फिर एक दिन, मुझे कप से विचित्र-सी महक आई। मैं रसोई में गया और कॉफ़ी बनाने वाले से पूछा, 'तुम कॉफ़ी में क्या डालते हो?'

उसने कहा, 'ब्रोमाइड।' यह एक ऐसा केमिकल था, जिसका इस्तेमाल युवा पुरुषों की कामेच्छा को दबाने के लिए किया जाता था। दस आदमियों के लिए आधा कप की ज़रूरत होती है।

मैंने पूछा, 'तुम इसमें कितना डालते हो?'

'कैसी बात कर रह हो! हम टिन को काटते हैं और पूरा का पूरा उड़ेल देते हैं!' सौ आदमियों को रासायनिक रूप से नपुंसक बनाने के लिए पर्याप्त! तो उस दिन से ना कुर्ट ने कॉफ़ी ली और ना मैंने। इसीलिए आज मेरा एक परिवार है। मेरे एक इज़राइली मित्र की जान तो बच गई, लेकिन उसके कभी बच्चे नहीं हो सके क्योंकि उसने यह कॉफ़ी पी थी और इसने उसके प्रजनन अंगों को नष्ट कर दिया था।

हम दिन-ब-दिन कमज़ोर होते जा रहे थे। और हम यह जानते थे कि जिस समय हम काम करने लायक़ नहीं रह जाएँगे, हमें मार दिया जाएगा। डॉक्टर नियमित रूप से बैरक़ में हमारी जाँच करने आते थे, वे जूं की जाँच भी करते थे। जाँचने के लिए हममें से किसी एक की शर्ट उतरवाई जाती थी। यदि उन्हें एक भी जूं नज़र आ जाती तो शयनागार को सील करके ज़हरीली गैस छोड़ कर हमें मार दिया जाता। यह बहुत भयानक था, क्योंकि हम सभी जूं से बुरी तरह संक्रमित थे। जिस भी दिन यह निरीक्षण होता था, हम उस दिन सुबह ही जाँच से पहले उस व्यक्ति को तलाशते

जिसकी शर्ट सबसे साफ़ हो, जिसके सिर में जूं न हो, और उस व्यक्ति को डॉक्टर के सामने जाँच के लिए खड़ा करते थे। और इस तरह हम लोग जाँच में पास हो जाते।

लेकिन इस जाँच में हम अपने गिरते हुए वज़न को लेकर कुछ नहीं कर सकते थे। डॉक्टर महीने में एक बार आता था और हमें क़तार में खड़ा करके हमारे पिछले हिस्से की जाँच करता था। वह हमारे नितंबों को देखता था कि कहीं उनका संचित वसा का भंडार कम तो नहीं हो गया है। यदि आपके नितंब लटकने लगे हों और डॉक्टर उन्हें अपनी चिमटी में पकड़ पाता हो तो अब आप उनके किसी काम के नहीं, ऐसे लोगों को गैस चेंबर में भेज दिया जाता था। हर महीने, इसी कारणवश कई लोगों को मार डाला जाता था, और हम लोग डर में जीते रहते थे।

हर जाँच के बाद क़ुर्ट और मैं मिलते थे और एक दूसरे को जीवित पाते थे। हर महीने यह चमत्कार होता था। तब भी जब हम बहुत बीमार थे, हमारे चेहरे खिले हुए थे और हम जीवित थे।

मैं अब भी मानव शरीर की कार्यप्रणाली और इसकी क्षमता से विस्मित हूँ। मैं एक कुशल इंजीनियर हूँ, और मैंने जटिल से जटिलतम मशीनरी बनाते हुए वर्षों बिताए हैं, लेकिन मैं मानव शरीर जैसी मशीन नहीं बना सका। यह अब तक की सबसे अच्छी मशीन है। यह ईंधन को जीवन में बदल देती है, अपनी मरम्मत स्वयं कर सकती है, वह सब कुछ कर सकती है, जो आप करना चाहते हैं। यही कारण है कि आज यह देखकर मुझे दुःख होता है कि अपने शरीर के साथ कुछ लोग कितना बुरा व्यवहार करते हैं, वे लोग उपहार में मिली इस अद्‌भुत मशीन को सिगरेट, शराब और दूसरे ज़हरीले नशे से बर्बाद कर रहे हैं। वे इस धरती पर अब तक की सबसे अच्छी मशीन को नष्ट कर रहे हैं, और यह कितना ख़तरनाक है।

ऑशवित्ज़ में हर दिन, मेरा शरीर अपनी पूर्ण क्षमता के साथ काम करता था, और आगे फिर इसकी क्षमता बढ़ जाती थी। यह भूखा रहा, पीटा गया, घायल हुआ, बर्फ़ में जमाया गया। लेकिन इसने मुझे गतिमान रखा, जीवित रखा। और अब, इसने मुझे सौ से अधिक वर्षों तक जीवित रखा है। कितनी अद्‌भुत मशीनरी है!

ऑशवित्ज़ के चिकित्सा क्षेत्र में क्या चल रहा था, इसकी हमें कोई जानकारी नहीं थी। मेंगले और उनके डॉक्टरों ने बंद दरवाज़ों के पीछे पुरुषों, महिलाओं और बच्चों पर जो क्रूर और अमानवीय अत्याचार किए उनकी जानकारी युद्ध के बाद हुए चिकित्सा परीक्षणों से दुनिया को मिल गई, लेकिन उस समय तो हमारे पास अफवाहें भर थीं। यदि कोई क़ैदी बीमार पड़ गया और उसे अस्पताल ले जाया गया, तो तय था कि आप उसे वापस नहीं देख पाएँगे।

एक बार मैं बुरी तरह बीमार पड़ा। मेरे लीवर में इन्फेक्शन हो गया था। पीलिया के कारण मैं बहुत कमज़ोर हो गया और मेरी त्वचा पीली पड़ गई। मुझे दो सप्ताह के लिए अस्पताल में भर्ती किया गया और कुर्ट मुझे लेकर बहुत चिंतित था। मेरा इलाज चल रहा है या नहीं, मुझे खाने-पीने के लिए दिया जा रहा है या नहीं - वह नहीं जान पा रहा था। वह गरमागरम सूप लेकर मुझसे मिलने के लिए आया। यह सूप उसके डिनर का होगा। यह बर्फ़ीले तूफ़ान, बर्फ़बारी और तेज़ हवा का मौसम था। कुर्ट इस आँधी-तूफ़ान के बीच मुझसे मिलने के लिए आया था। निगरानी के लिए एक एसएस गार्ड उसके पीछे खड़ा था। मैं उसे इशारा कर रहा था कि वह पीछे मुड़कर देखे, लेकिन वह समझ नहीं पाया। गार्ड उसे पकड़ कर ले गया और मैं असहाय-सा पड़ा देखता रहा। नाज़ी ने कटोरा उसके हाथ से छीना और उसके मुंह पर दे मारा। उसका मुंह बुरी तरह जल गया।

बेचारा क़ुर्ट। हमने उसके चेहरे पर बर्फ़ मली और फिर मेरे दोस्त डॉ. किंडरमैन के पास भागे। हमें उनके पास से एक क्रीम और जलने के उपचार के लिए बनाई गई विशेष पट्टियाँ मिलीं, और इस तरह से हम कुर्ट के चेहरे का इलाज करवा पाए। वरना उसकी त्वचा पूरी तरह से ख़राब हो जाती। किंडरमैन उसे बचा पाए। मेरी बहन को जब दवा की ज़रूरत पड़ी तो उसे भी उन्होंने उपलब्ध कराई थी। लगातार ठंडे पानी में खड़े रहने के कारण कुछ महीनों के बाद उसे गैंग्रीन हो गया और उसे एक विशेष एंटी-गैंग्रीन रसायन के शॉट्स की आवश्यकता थी। कैंप में मैं कभी-कभी उससे छिपते-छिपाते क्षणिक भेंट कर पाता था। ऑशवित्ज़ के अंतिम छोर पर कैंप की बाड़ ऑशवित्ज़ II-बिरकेनाऑ से मिलती थी। कभी-कभी अगर हम भाग्यशाली हुए तो बाड़ के पास मिल कर कुछ पलों के लिए बात कर पाते थे। इतने लंबे समय बाद मैं उससे बस इतने क़रीब से ही मिल पाता था।

# अध्याय 10

## जहाँ जीवन है, वहाँ आशा है

एडी (सामने दाएं) अपने भरे-पूरे परिवार के साथ, 1932। वह अकेले ही नरसंहार में बच सके।

किशोरवय एडी (बाएं से दाएं) अपनी मां लीना, पिता इसिदोर और बहन हेनी के साथ।

एडी बेल्जियम में, 1941।

एडी की बहन हेनी उनके प्रिय मित्र कर्ट हर्शफ़ेल्ड के साथ, 1945।

अपनी शादी के मौक़े पर फ़्लोर और एडी, 20 अप्रैल 1946।

एडी अपने छोटे बेटे माइकल के साथ भाप के जहाज *सरिएंटो* से ऑस्ट्रेलिया जाते हुए, 1950।

ऑस्ट्रेलिया में नई ज़िंदगी! मस्कट में एडी का सर्विस स्टेशन, जो पचास के दशक में खुला था।

(बाएं से दाएं) हैरी स्कोरुपा, फ़्लोर की मां फ़ॉर्चुनी मोल्हो, एडी माइकल को लिए हुए, फ़्लोर और बेला स्कोरुपा। यह समूह एक उत्तरजीवी साथी के मैकबीन हॉल में हुए विवाहोत्सव में शामिल हुआ।

फ़्लोर और एडी सिडनी में साथ-साथ, 1960।

बाएं : एडी एनएसडब्ल्यू की गवर्नर डेम मैरी बशीर से अपना ओएएम प्राप्त करते हुए, 2013।
दाएं : आंद्रे, फ़्लोर और माइकल के साथ।

टेडएक्स के कार्यक्रम में सिडनी में मई 2019 में हज़ारों नए मित्रों को संबोधित करते हुए। चित्र सौजन्य : टेडएक्स और विज़नएयर मीडिया

एडी अपने 90वें जन्मदिन पर अपने पोते-पोतियों फ़िलिप, कार्ली, डेनिएल और मार्क के साथ।

एडी अपने पुत्रों माइकल और आंद्रे और उनकी पत्नियों लिंडा और इवा के साथ, सिडनी के जूइश म्यूज़ियम समारोह में, 2017।

भविष्य की पीढ़ी! एडी की पोती डेनिएल अपने पति जेरी ग्रीनफ़ील्ड और बच्चों ज़ोई, लारा तथा जोएल के साथ।

एडी का पोता मार्क अपनी पत्नी रेचल और बच्चों टोबी तथा सैमुअल के साथ।

एडी अपनी बेल्ट के साथ, जब उन्हें ऑशवित्ज़ में ले जाया गया था तो यह ऐसी एकमात्र चीज़ थी जिसे उनसे नहीं छीना गया था। छायाकार कैथरीन ग्रिफ़्फिथ, सौजन्य सिडनी जूइश म्यूज़ियम।

हर सुबह एक घंटी बजती और गिनती के लिए बैरक़ से बाहर निकाला जाता था। 18 जनवरी, 1945 को हम सुबह तीन बजे घंटी सुन कर उठे और गिनती के बाद हमें बताया गया कि हम उस दिन काम पर नहीं जाएँगे। हमें जर्मनी जाने के लिए परेड करनी थी और इसलिए हमें सड़क पर खड़ा कर दिया गया।

नाज़ियों के लिए यह युद्ध अब मुश्किल होता जा रहा था। रूस की सेना नज़दीक आती जा रही थी, बस 20 किलोमीटर दूर थी, और ऑशवित्ज़ के नाज़ी इंचार्ज घबरा गए। वे इस बात से डर रहे थे कि हमारे साथ जो कुछ किया है, वह सामने आ जाएगा। ऑशवित्ज़ और उसके अन्य कैंप को ख़ाली करने और शवदाहगृह को उड़ा देने के आदेश दिए गए। हमारे साथ क्या किया जाए, वे समझ नहीं पा रहे थे। इसलिए उन्होंने हमें ऑशवित्ज़ से दूर भीतरी जर्मन इलाक़े में बने अन्य शिविरों में ले जाने का फ़ैसला किया। अब दुनिया इसे ऑशवित्ज़ के डेथ-मार्च के रूप में जानती है। 15 हज़ार तक क़ैदियों की मौत हो गई थी। कुछ लोग चलते-चलते भीषण ठंड के कारण मर गए। कुछ थक कर गिर गए। यदि आप गिरते हैं तो नाज़ी वहीं पर आपके मुंह में बंदूक़ डाल कर गोली मार देंगे, कोई सवाल-जवाब नहीं। जीवित रहने के लिए हमें बर्फ़ पर चलते रहना था। पूरी रात बंदूक़ें गरजती रहीं धायं, धायं, धायं... क्योंकि नाज़ी हमें मार रहे थे।

यह मेरे जीवन का सबसे कठिन समय था। तापमान माइनस 20 डिग्री सेल्सियस से नीचे चला गया। हमारे पास ना खाना था, ना पानी। हम तीन दिनों से लगातार चलते जा रहे थे। लेकिन मेरे साथ कुर्ट था। हम ग्लीवित्ज़ नाम के एक शहर में पहुँचे और वहाँ पोलिश सेना की एक ख़ाली पड़ी हुई इमारत की दूसरी मंज़िल में हमें ठहराया गया था। कुर्ट ने मुझसे कहा कि अब वह एक क़दम भी और नहीं चल सकता।

'एडी, मैं अब आगे नहीं जा सकता।' क़ुर्ट ने ऐसा कहा और मैं मायूस हो गया। मैं अपने सबसे अच्छे मित्र को मरते हुए नहीं देखना चाहता था। मैं कहीं छिपने की जगह तलाशने लगा। नीचे, स्नानागार में मैंने छत में एक मैनहोल देखा। मुझे एक सीढ़ी मिल गई, जिसके सहारे मैंने उसे खोला।

मैंने झाँक कर देखा तो वहाँ पर पहले से ही तीन लोग छिपे हुए थे। उन्होंने मुझे डराया, लेकिन मैं उन्हें दुगुनी ताक़त से डराने लगा। उन्होंने मुझे नाज़ी समझ लिया। क़ुर्ट रेंगते हुए उनके पास पहुँच गया, लेकिन वह जगह खुली ही रह गई थी। किसी को उसे बाहर से बंद करना था। मुझे एक लकड़ी का टुकड़ा मिल गया और मैंने उससे उस जगह को छिपा दिया। क़ुर्ट को अंदर बंद कर दिया। ऐसा करने से पहले मैंने उसे गले लगाया और अलविदा कहा। यदि ऐसा करने से उसे जीवित रहने का थोड़ा भी अवसर मिल रहा हो तो मैं वापस जाकर डेथ मार्च में शामिल होने को तैयार था। मैं जीवित रहना चाहता था, क्योंकि यदि मैं जीवित रहा, तो ही शायद एक दिन मैं क़ुर्ट से फिर मिल सकता था।

अंततः हम एक स्टेशन पर पहुँचे और नाज़ियों ने हमें बूकनवॉल्ड जाने वाली एक ट्रेन में लादना शुरू कर दिया। हर खुली वैगन में हम 30 लोगों को ठूंसा जा रहा था, और हम ठंड से मरे जा रहे थे। इतनी कड़ाके की ठंड में हमारे जेल वाले जैकेट्स किसी काम के नहीं थे। हमारी वैगन में एक आदमी दर्जी था। उसके पास जीवित बचे रहने की योजना थी। उसने हम सबसे अपने-अपने जैकेट्स उतारने के लिए कहा और उसने उन्हें आपस में जोड़कर एक बड़ा-सा कंबल बनाया। और हम सब ने अपने आपको इसके अंदर डाल लिया, हमारे पैर अंदर थे - केवल सिर बाहर निकले हुए थे। हमें बूकनेवॉल्ड पहुँचने में चार-पाँच दिन लगे। इस शानदार आविष्कार के कारण हमें इतनी गर्माहट मिल गई कि हम जीवित बचे रहे।

बर्फ़ लगातार गिर रही थी। जिस समय हमारी यात्रा समाप्त हुई, हमारे कंबल पर लगभग आधा मीटर ऊँची बर्फ़ जम चुकी थी। हम अपनी प्यास इसी बर्फ़ से बुझा लेते थे। उन लोगों ने हमें खाने के लिए कुछ नहीं दिया, लेकिन सफ़र के दौरान जब हम चेकोस्लोवाकिया के रास्ते पर थे, तो कुछ औरतें ट्रेन के बराबर दौड़ते हुए हमारे लिए ब्रेड फेंक रही थीं। ज़्यादा नहीं, 30 लोगों के लिए एक ब्रेड। लेकिन कुछ भी नहीं से एक टुकड़ा काफ़ी था। और एक बार फिर, इसने साबित कर दिया कि दुनिया में अभी-भी अच्छे लोग हैं। यह ज्ञान आशा थी और आशा वह ईंधन है, जो शरीर को शक्ति प्रदान करती है।

मानव शरीर अब तक की सबसे बड़ी मशीन है, लेकिन यह आत्मा के बिना नहीं चल सकती। हम भोजन के बिना कुछ सप्ताह, पानी के बिना कुछ दिन जीवित रह सकते हैं, लेकिन आशा और अन्य मनुष्यों में विश्वास के बिना हम जीवित नहीं रह सकते। हमारी यह मशीन काम करना बंद कर देगी। तो मैं इसी आशा और विश्वास के सहारे जीता रहा। मित्रता, सहयोग और आशा ने मुझे जीवित रखा। दूसरी बोगियों में जो लोग ठंड से ठिठुर कर मर गए वे लोग कमज़ोर आत्माओं वाले थे। मैं यह इसलिए जानता हूँ, क्योंकि जब हम बूकनवॉल्ड पहुँचे तो मुझे उन लोगों को उतार कर शवदाह गृह तक पहुँचाने का आदेश मिला। लकड़ी के बक्से वाली एक बड़ी-सी हाथ गाड़ी थी, जिसमें कार के टायर लगे हुए थे। इसे मैं खींच सकता था। मैंने इसमें मृत शरीरों को डालना शुरू किया, एक बार में दस, और फिर धीरे-धीरे इन्हें ले जाना था। मैं एक मृत व्यक्ति के पैर पकड़ने ही जा रहा था कि अचानक वह खड़ा हो गया और बोलने लगा! मुझे लगभग दिल का दौरा पड़ गया।

उसने मुझसे फ्रेंच में कहा, 'कृपया मेरी जेब से फ़ोटो निकालें। मेरी तीन सप्ताह पहले शादी हुई है, मेरी पत्नी यहूदी नहीं है। उसे यहाँ जो कुछ हुआ, उसके बारे में बता दीजिएगा।' मैं रोने लगा। वह एक नौजवान था, मुश्क़िल से बीस साल का। मैं उसे ट्रेन से उतार पाता, उसके पहले ही उसकी मौत हो गई। मैंने उसकी जेब से फ़ोटो निकाल लिया।

अब मैं बूकेनवॉल्ड में वापस आ गया था, उसी कैंप में जहाँ मुझे सबसे पहले 1938 में भेजा गया था और इस दुःस्वप्न की शुरुआत हुई थी। हमें एक बहुत बड़ी विमानशाला में रखा गया था, मैं जानता था कि यहाँ से बच कर निकल पाना बहुत कठिन था, मैं एक तरह से मर ही गया था। एक एसएस हॉपशैफ़्युहर था, जो क़ैदियों को क्रूर और असाधारण यातना देने के लिए बूकेनवॉल्ड के जल्लाद के रूप में जाना जाता था। उसने पादरियों को सूली पर उल्टा लटकाया, क़ैदियों को सफ़ेद फॉस्फ़ोरस से जलाया और यातना देने के मध्ययुगीन तरीक़ों के साथ क़ैदियों को पेड़ों पर लटकाया था। जैस-जैसे युद्ध उनके लिए हानिकारक साबित होता जा रहा था, वैसे-वैसे वे क्रूरतम और उन्मादी होते जा रहे थे। तीसरी रात, एक एसएस सिपाही आया और चिल्लाने लगा, 'क्या तुम्हारे बीच कोई टूलमेकर है?'

कुछ देर ठहर कर मैंने अपना हाथ ऊपर किया, 'मैं टूलमेकर हूँ।'

मैं जानता था कि मेरे पास कोई विकल्प नहीं है। बूकेनवॉल्ड मतलब मेरी मौत निश्चित। हो सकता है किसी और कैंप में रहने का मौक़ा मिल जाए। मुझे केवल 200 लोगों वाले एक छोटे-से कैंप सोननबर्ग में ले जाया गया। यह एक जंगल के

क़रीब था। मेरे लिए यह लकी ब्रेक था। अगले चार महीनों तक मुझे कैंप से 20 किलोमीटर दूर, ऑमा में एक विशिष्ट मशीन की दुकान में अपेक्षाकृत आसान काम दिया गया। मेरा अपना निजी ड्राइवर था, जो मुझे हर सुबह लेकर जाता था, फिर मैं पूरे दिन कड़ाके ठंड से दूर, एक भूमिगत कारख़ाने में लगी मशीन पर काम करता था। लेकिन मुझे आज़ादी नहीं थी। मुझे गीयर दुरुस्त करने वाली मशीन से जंज़ीर के साथ बांध कर रखा जाता था। जंज़ीर 15 मीटर लंबी थी। बस, मशीन के आसपास घूमने के लिए पर्याप्त थी। एक बार फिर, मेरे गले में एक पट्टी लटकाई जाती थी, जिस पर लिखा था कि यदि मैंने सात ग़लतियाँ कीं, तो मुझे फाँसी पर लटका दिया जाए।

मेरा काम था अतिविशिष्ट पार्ट्स को समायोजित करना, जिसके लिए पूर्ण सटीकता आवश्यक थी। यहाँ तक कि एक मिलीमीटर से भी छोटे अंश का अंतर आ जाने पर पार्ट किसी काम का नहीं रहता। मेरा काम सान पर चढ़ा कर उन्हें सही आकार देना था। मुझे बहुत, बहुत सावधानी रखने की ज़रूरत थी। सुबह छह से शाम छह बजे तक काम करना पड़ता था।

वहाँ पर और भी क़ैदी थे, जो अपनी मशीनों का संचालन करते थे। मेरे पड़ोस में जो था, मैं उसके पास इतना रहता कि बात कर सकूँ, लेकिन वह केवल रूसी भाषा बोल सकता था, इसलिए हमारा संवाद नहीं हो पाता था। दिन भर में मेरा एकमात्र मानवीय संपर्क गार्ड के साथ होता था, जो हर सुबह मुझे मशीन से बाँधने के लिए आता और फिर शाम को मुझे वापस यातना शिविर में ले जाने के लिए आता था। उसे हर तीन घंटे बाद मुझे देखने, मेरे लिए ब्रेड लाने, मुझे शौचालय जाने की अनुमति देने की ज़िम्मेदारी सौंपी गई थी। लेकिन वह हर समय नशे में रहता था और अक्सर मुझे देखने के लिए आता नहीं था। मैं शौचालय जाने के लिए बेचैन रहता था, मुझे समझ में ही नहीं आता था कि मैं क्या करूँ। अंततः मैंने मेरी मशीन का पिछला हिस्सा खोला और बेकार पड़े हुए कपड़े के टुकड़ों को लगाकर एक मूत्रालय जैसा बना लिया ताकि मैं मशीन में पेशाब कर सकूँ, बाद में उसे बंद कर देता था। यदि गार्ड मुझे ऐसा करते देख लेता तो मेरा मरना तय था, लेकिन गरिमा के साथ मरना बेहतर था।

वह शराबी गार्ड बेहद नीच था। कभी-कभी तो वह मुझे बिना वजह पीट देता था, सिर्फ़ इसलिए कि वह बुरे दिन से गुज़र रहा होता था और बहुत अधिक शराब पीना चाहता था। फिर जब वह मुझे वापस गाड़ी में बिठा कर ले जा रहा होता, तो कहता था, 'यह बात किसी से मत कहना, यदि तुम किसी से कहोगे तो मैं तुम्हारी पीठ पर गोली मार दूँगा और सबसे कहूँगा कि तुम भागने की कोशिश कर रहे थे।'

एक दिन, इस गार्ड ने मुझसे कहा कि फ़ैक्ट्री का इंचार्ज मुझसे मिलना चाहता है। मैंने सोचा कि मेरी सात ग़लतियाँ हो चुकी हैं और मेरे मरने का समय आ गया

है। मैं अपने पड़ोसी रूसी व्यक्ति की ओर मुड़ा, हालाँकि वह मेरी भाषा नहीं समझ सकता था फिर भी मैंने उसे समझाया कि वह मेरी ब्रेड ले सकता है। 'मैं जहाँ जा रहा हूँ, वहाँ ब्रेड की आवश्यकता नहीं पड़ेगी।'

इंचार्ज का नाम गो था। वह उम्र में मुझसे बहुत बड़े थे, मेरे पिता से भी दुगुनी उम्र के। सफ़ेद कोट और सफ़ेद बाल, वैसे ही जैसे मेरे अब हैं। मुझे लग रहा था कि मुझे डाँटा-फटकारा जाएगा और फिर फाँसी पर लटका दिया जाएगा, लेकिन उन्होंने बड़ी शांति से बात की। उन्होंने मुझसे पूछा कि क्या मैं इसिडोर (यानी मेरे पिता), का बेटा हूँ और जब मैंने हाँ कहा तो वह रोने लगे। उन्होंने मुझे बताया कि वह प्रथम विश्व युद्ध के समय मेरे पिता के साथ जेल में थे। जो कुछ भी हुआ उसका उन्हें बहुत दुःख था, लेकिन वह इसे रोक नहीं सकते।

'एडी, मैं यहाँ से बच कर निकलने में तुम्हारी कोई सहायता नहीं कर सकता, लेकिन हर दिन जब तुम काम पर आओगे तो तुम्हें अतिरिक्त भोजन मिलेगा। मेरे हाथ में बस इतना ही है, लेकिन जो कुछ तुम ना खा सको, कृपया नष्ट कर देना।'

और उस दिन के बाद से, मैं जब भी काम पर आता, मुझे मशीन में अतिरिक्त खाना छिपा हुआ मिलता था। मशीन के किनारे एक छोटा-सा खाँचा बना हुआ था, जिसमें विशेष उपकरण रखे जाते थे। मैं अपनी शिफ़्ट शुरू करने के लिए जब भी इसे खोलता तो वहाँ पर ब्रेड, दूध-दलिया और कभी-कभी मसालेदार गोश्त भी। खाना बहुत अच्छा था, लेकिन जो क़ैदी जीवित रह गए थे, वे किसी चलते-फिरते कंकाल की तरह थे। भूख और ख़राब खाने के कारण हमारा पाचन-तंत्र बिगड़ चुका था। मुझे दलिया खाने में परेशानी होती थी। मैं उसे लेकर शौचालय में जाकर उसमें थोड़ा पानी मिलाता था, ताकि मैं उसे पचा सकूँ। दूध बहुत अच्छा होता था। मैं मसालेदार गोश्त भी नहीं खा पाता था - इसे खाकर मैं मर सकता था। यह खाना मैं दूसरे क़ैदियों को भी नहीं दे सकता था, क्योंकि ऐसा करने पर मेरे पिता के बुजुर्ग दोस्त की जान ख़तरे में पड़ सकती थी। अतः मैं इसे मशीन में डाल कर नष्ट कर देता था। कल्पना कीजिए कि हम कितने भूखे थे कि अच्छी तरह से खा भी नहीं सकते थे। लेकिन थोड़ी-सी अतिरिक्त दया ने मुझे नई ताक़त दी, हार नहीं मानने की हिम्मत।

उन्होंने मुझ पर जो कृपा की थी वह मेरी सेहत को बनाने के लिए काफ़ी नहीं थी, क्योंकि मैं बहुत कमज़ोर था, लेकिन इसने यह ज़रूर साबित कर दिया कि हर कोई हमसे नफ़रत नहीं करता था। यह शायद और भी अधिक मूल्यवान बात थी। यह मुझसे कहलवाती थी, 'एडी, हिम्मत मत हारना।' क्योंकि यदि मैं हिम्मत छोड़ देता तो मैं ख़त्म हो जाता। यदि आप हार मान लेते हैं, यदि आप कहते हैं कि अब जीने लायक़ कुछ नहीं बचा है, तो आप लंबे समय तक जीवित नहीं रहेंगे। जहाँ जीवन है, वहाँ आशा है। और जहाँ आशा है, वहीं जीवन है।

रूसी सेना के वहाँ पहुँचने से पहले मैं वहाँ चार महीने तक रहा। अंग्रेज़ों और अमेरिकियों के हवाई जहाज कैंप के ऊपर से उड़ने लगे थे। और उसके बाद उन्होंने बम बरसाने शुरू कर दिए। हम उनकी आवाज़ भूमिगत फ़ैक्ट्री में भी सुन पाते थे। एक दिन, एक बम सीधे हमारी फ़ैक्ट्री पर आकर गिरा। धमाका नीचे मेरे स्टेशन तक गूंज उठा और मैं जमीन पर गिर पड़ा। आग लगने ही वाली थी और गार्ड घबरा कर इधर-उधर भागने लगे। वे चिल्ला रहे थे, *'बाहर निकलो! बाहर निकलो!'* लेकिन मुझे क्या करना था? मैंने एक गार्ड को पुकारा, और वह मुझे खोलने के लिए भाग कर मेरे पास आया। मुझे नीचे से ऊपर लाने के बाद उसे अहसास हुआ कि मैं सिर्फ़ एक क़ैदी नहीं, बल्कि यहूदी भी था। वह डर गया कि उसने मेरी मदद करके अपनी जान को जोखिम में डाला है और उसने मेरे सिर पर अपनी राइफ़ल के पिछले हिस्से से ज़ोरदार वार किया, और मेरा सिर फट गया। इसके बाद कई सप्ताह तक मेरे सिर में दर्द बना रहा।

मेरे सिर में टाँके लगाए गए और कारख़ाने के दूसरे हिस्से में काम करने के लिए वापस भेज दिया गया। अब मैं और गहरे भूमिगत, गीयरबॉक्स की एक असेंबली लाइन पर काम करने लगा था। नाज़ियों को कार, ट्रक, टैंक तोपों जैसी हर तरह की मशीनों के लिए गीयरबॉक्स की आवश्यकता थी। मुझे पता नहीं कि उन्हें कहाँ भेजा जा रहा था, लेकिन यह तो तय था कि युद्ध जर्मनी की परेशानी का कारण बनता जा रहा था। बमबारी शुरू होने के करीब दो हफ़्ते बाद, उन्होंने फिर से क़ैदियों को बाहर निकाला, लेकिन इस बार नाज़ियों की कोई योजना नहीं थी। वे रूसियों से दूर भागते तो अमेरिकियों के पास पहुँच जाते थे, और फिर वापस लौटते थे। इस तरह हम हम 300 किलोमीटर के दायरे में गोल-गोल घूम रहे थे। वे समझ ही नहीं पा रहे थे कि हमारे साथ क्या किया जाए। मुझे डर था कि कहीं वे हमें गोली नहीं मार दें। यह तो साफ़ था कि युद्ध तो समाप्त हो गया, लेकिन हम उनके अत्याचारों के गवाह थे। और यदि तुम हत्यारे हो, तो गवाहों को मार डालो।

दिन-पर-दिन, हम और कमज़ोर और नाज़ी अधिक हताश होते जा रहे थे। यहाँ तक कि अब तो नाज़ी भी बच कर भागना चाहते थे - हर रात, कुछ पहरेदार अंधेरे का लाभ उठा कर भाग जाते थे - नौकरी छोड़ कर।

हम चौड़ी सड़क पर परेड कर रहे थे, जिसकी दोनों तरफ़ खाई खुदी हुई थी। थोड़ी-थोड़ी दूर पर सड़क के नीचे ड्रेनेज पाइप कटा हुआ था, पानी को उठी हुई सड़क से दूसरी तरफ़ ले जाने के लिए। मुझे यहाँ अपने बचने का रास्ता दिखाई दे रहा था, लेकिन मुझे उपकरणों की ज़रूरत थी। चलते-चलते मुझे जर्मन शैली के

खट्टे खीरे के अचार को रखने वाले लकड़ी के कुछ बैरल मिले, जिनमें बड़े ढक्कन थे, मज़बूत और काफ़ी चौड़े। मैंने इनमें से दो ढक्कन उठा लिए और जहाँ भी जाता, अपने साथ लेकर चलता था। दूसरे क़ैदियों को लगा कि मैं पागल हो गया हूँ। वे सोचते थे कि यह पागल जर्मन यहूदी कौन है, जो लकड़ी के इन बड़े बेकार टुकड़ों को साथ लेकर चल रहा है, जबकि वह खुद इतना कमज़ोर हो गया है? जब हम आराम करते, तो मैं उन ढक्कनों पर बैठ जाता था, ताकि गार्ड उन्हें देख नहीं पाएँ। उसके बाद, एक शाम, अंधेरा होते-होते हम एक खेत से गुज़रे जहाँ पर एक मरियल-सा घोड़ा खड़ा था। मुझसे भी कमज़ोर। कमांडर ने उसे देखा। उस रात हम वहीं रुक गए और कमांडर ने कहा कि हमें रात के खाने में सूप मिलेगा। रात को सभी पहरेदार और क़ैदी इकट्ठा हो गए और घोड़े के सूप की प्रतीक्षा करने लगे।

मुझे लगा यही मौक़ा है। अभी या कभी नहीं।

जब अंधेरा बहुत गहरा गया और कोई भी मुझे नहीं देख सकता था, मैं सड़क की तरफ़ भागा और फिर खाई में कूदा और पाइप में घुस गया। पाइप आधा पानी से भरा था तो मैं ठंडे पानी में तैरने लगा। पानी का प्रवाह इतना तेज़ था कि मेरे जूते बह गए। ठंड और थकावट के कारण, मुझे ऐसा लगा कि मुझे नींद आ जाएगी, इसलिए मैंने लकड़ी का एक टुकड़ा अपनी बाईं ओर रखा, एक दाहिनी ओर, और अपने होश खोने दिए। मुझे नहीं मालूम कि मैं कितनी देर तक सोता रहा, लेकिन जब मैं जागा तो मेरी दोनों तरफ़ के लकड़ी के टुकड़े गोलियों से भरे हुए थे। अड़तीस दाहिनी ओर और दस बाईं ओर। यदि मेरे पास वे लकड़ी के ढक्कन नहीं होते, तो मैं मर गया होता और चूहे मुझे खा गए होते। इसीलिए मैंने कभी किसी को उन पाइप से बाहर निकलते नहीं देखा, क्योंकि जब हम चलते थे, तो एसएस हमारे पीछे रहते थे और अपनी सब-मशीनगन से उन पाइप में गोलियां चलाते थे।

जब मैं पाइप से बाहर निकला तो वहाँ नाज़ी नहीं थे, एक भी नहीं। मैं आज़ाद था! लेकिन मेरी हालत बहुत ख़राब थी। मैंने एक पत्थर उठाया और अपनी बाँह पर गुदे हुए नंबर वाले नाज़ी टैटू को बुरी तरह रगड़ कर मिटाया। मेरी बाँह से ख़ून निकलने लगा था। मैं बहुत दूर तक चलता रहा, फिर मुझे एक फ़ार्महाउस दिखाई दिया, वैसा ही जैसा मुझे पोलैंड में दिखा था, जहाँ मुझे गोली लगी थी। मैंने सुबह-सुबह उस घर का दरवाज़ा खटखटाया। सत्रह-अठारह साल की एक लड़की ने दरवाज़ा खोला।

'डरो मत,' मैंने अच्छी जर्मन में कहा, 'मैं भी तुम्हारी ही तरह जर्मन हूँ। मैं यहूदी भी हूँ। मुझे मदद चाहिए। क्या तुम्हारे पिता या भाई मुझे एक जोड़ी जूते दे सकते हैं? मुझे बस इतना ही चाहिए।'

उसने अपने पिता को आवाज़ दी। पचास की उम्र वाला एक आदमी दरवाज़े पर आया। उसने मेरी बाँह से बहते हुए ख़ून को देखा, क़ैदियों वाला मेरा हेयर कट देखा और फिर रोने लगा।

उसने मुझे अपने हाथों का सहारा देते हुए कहा, 'अंदर आओ।'

मैंने कहा, 'नहीं।' अब मुझे लोगों पर भरोसा नहीं होता था। उसने मुझे आग्रहपूर्वक एक जम्पर, अच्छी-सी टोपी और बढ़िया चमड़े के जूते दिए - ऐसे जो मैंने तीन साल से नहीं पहने थे।

उस आदमी ने मुझे उस रात फ़ार्महाउस से 30 मीटर पीछे अपने खलिहान में सोने के लिए कहा, और बोला कि वह सुबह मेरी मदद करेगा। मैं उस रात खलिहान में सोया था, लेकिन सुबह-सुबह, मैं धीरे-धीरे चलते हुए कर चार किलोमीटर दूर जंगल में चला गया, जहाँ मैं सभी लोगों से दूर छिप सकता था। मुझे उस रात सोने के लिए एक गुफा मिली, लेकिन यह रहने लायक़ जगह नहीं थी। आधी रात में सैकड़ों चमगादड़ मेरे सिर को टक्कर मारते हुए इधर-उधर उड़ने रहे थे। सौभाग्य से मेरे सिर पर बाल नहीं थे कि वे उन्हें नोच पाते।

अगले दिन, मुझे एक और गुफा मिल गई। यहाँ मुझे कोई भी ढूंढ़ नहीं सकता था। यह इतनी अंदर और अंधेरे में थी कि कभी-कभी तो मैं भी रास्ता भटक जाता था। जोंक और घोंघे मेरा भोजन थे। इन्हें मैं कच्चा ही खा जाता था। एक दिन एक मुर्गी मेरी पकड़ में आ गई। मैंने उसे अपने हाथों से मार डाला। मैं भूख के मारे बेचैन था, लेकिन उसे पकाने के लिए मैं आग नहीं जला पाया। मैंने लकड़ियों और पत्थर से आग जलाने की कोशिश की, लेकिन काम नहीं बना। मैं पास बह रहे नाले से पानी लेकर आया, लेकिन वह इतना ज़हरीला था कि मेरी तबीयत बुरी तरह बिगड़ गई कि मैं खड़ा भी नहीं हो पा रहा था।

मैं इतना बीमार था कि मैं चल भी नहीं सकता था। मैंने अपने आप से कहा कि अब अगर वे मुझे गोली मार देते हैं, तो मुझ पर उपकार होगा। मैं अपने हाथों-घुटनों के बल रेंगते हुए हाईवे तक पहुँचा। मैंने देखा कि सड़क की दूसरी तरफ़ से एक टैंक आ रहा था - एक अमेरिकी टैंक!

वे शानदार अमेरिकी सैनिक। मैं कभी-भी नहीं भूल सकता। उन्होंने मुझे एक कंबल में लपेटा, और एक सप्ताह बाद मैंने अपने आपको एक जर्मन अस्पताल में पाया। पहले तो मुझे लगा कि मैं पागल हो गया हूँ, क्योंकि कल तक तो मैं गुफा में था और आज मैं गद्दे-तकिये वाले बिस्तर पर हूँ, चारों तरफ़ नर्सें हैं। अस्पताल का इंचार्ज बड़ी दाढ़ी वाला एक प्रोफ़ेसर था। वह लगातार मेरे बिस्तर के पास आता था, मेरी जाँच करता था। मैं जब भी उससे अपनी हालत के बारे में पूछता तो वह कोई उत्तर नहीं देता था।

मैं जानता था कि मेरी स्थिति अच्छी नहीं है। मुझे कॉलरा और टाइफ़ॉइड हो गया था और कुपोषित तो था ही। मेरा वज़न केवल 28 किलोग्राम रह गया था। एक दिन एम्मा नाम की एक नर्स मेरे पास आई। उसने मेरे कंबल के अंदर अपना सिर डाल कर देखना चाहा कि मेरी सांसें चल रही हैं, या नहीं। मैंने उसकी बाँह पकड़ ली और कहा, 'एम्मा, मैं आपकी बाँह तब तक नहीं छोड़ूँगा, जब तक कि आप मुझे यह नहीं बताएँगी कि डॉक्टर ने मेरे बारे में आपसे क्या कहा है।' मैं रोने लगा।

वह मेरे कान में फुसफुसाई, 'आपके मरने की 65 प्रतिशत आशंका है। आप भाग्यशाली हैं कि आपकी जीवित रहने की 35 प्रतिशत संभावनाएँ हैं।'

उसी क्षण मैंने ईश्वर को वचन दिया कि यदि मैं बच गया, तो मैं एक बिल्कुल नया इंसान बन जाऊँगा। मैंने वादा किया था कि मैं जर्मन धरती से चला जाऊँगा और उस देश में कभी वापस नहीं आऊँगा जिसने मुझे सब कुछ दिया और फिर मुझसे छीन भी लिया। मैंने वादा किया था कि मैं अपना शेष जीवन नाज़ियों द्वारा सताए गए लोगों को ठीक करने में समर्पित कर दूँगा, और यह भी कि मैं हर दिन को अच्छी तरह से जीऊँगा, उसका पूरा सदुपयोग करूँगा।

मेरा विश्वास है कि अगर आपमें नैतिकता है, अगर आप उम्मीद पर टिके रह सकते हैं, तो आपका शरीर चमत्कारिक ढंग से काम कर सकता है। कल अवश्य आएगा। अगर आप मर गए, तो मर ही गए, लेकिन जहाँ जीवन है, वहाँ आशा है। तो, आशा को काम करने का अवसर क्यों नहीं दिया जाए। इसमें तो आपका कुछ भी ख़र्च नहीं होता!

और मेरे मित्र, मैं बच गया।

# अध्याय 11

## *दुनिया में हमेशा चमत्कार होते हैं, तब भी जब कोई उम्मीद नहीं हो*

मैं छह सप्ताह तक अस्पताल में भर्ती रहा। मेरी ताक़त धीरे-धीरे वापस आ रही थी। जब मैं बेहतर हो गया, तो अपने परिवार को तलाशने के लिए बेल्जियम जाने का फ़ैसला किया। निकलने से पहले, मुझे कुछ आवश्यक शरणार्थी काग़ज़ात जारी किए गए और साधारण कपड़े दिए गए - पैंट्स, दो शर्ट और एक टोपी।

मैंने अपना सफ़र पैदल ही आरंभ किया, रास्ते में कोई अपने वाहन में बिठा लेता, तो बैठ जाता। सीमा पर मुझे रोक लिया गया और कहा गया मुझे आगे जाने की अनुमति नहीं है, क्योंकि मैं जर्मन हूँ।

बॉर्डर पर खड़े व्यक्ति से मैंने कहा, 'नहीं, मैं जर्मन नहीं हूँ। मैं एक यहूदी हूँ, जिसे बेल्जियम ने नाज़ियों के हाथों मरने के लिए सौंप दिया था। लेकिन मैं बच गया। और अब मैं बेल्जियम वापस लौट रहा हूँ।' उन्होंने मुझसे बहस नहीं की। मुझे दुगुना राशन देकर वहाँ से रवाना किया। मुझे अतिरिक्त मक्खन, ब्रेड और माँस भी दिया गया, जो उन दिनों युद्ध के बाद की जा रही राशनिंग के कारण बहुत मुश्किल से मिल पाता था।

मैं ब्रसेल्स पहुँचा, उसी सुंदर से अपार्टमेंट में गया जहाँ हमारे जर्मनी छोड़ने से पहले मेरे माता-पिता रहते थे। अपार्टमेंट अब भी खड़ा था, लेकिन उनका सारा सामान वैसे का वैसा पड़ा था, क्योंकि उन्हें पहले छिपना पड़ा और फिर ख़ाली हाथ भागना पड़ा था। और, बेशक, वे वहाँ पर नहीं थे, एक के बाद एक ख़ाली कमरे। यह सोच कर वहाँ रहना बहुत तकलीफ़देह था कि मैं अब उन्हें कभी नहीं देख पाऊँगा। मुझे अपने परिवार का कोई भी सदस्य नहीं मिला। युद्ध के पहले यूरोप-भर में मेरे सौ से अधिक रिश्तेदार थे। और अब जहाँ तक मैं जानता था - अब केवल मैं ही बचा था। मुझे नहीं लगता कि मुझे इस आज़ादी से बहुत आनंद मिला था।

रिहाई यानी आज़ादी, पर आज़ादी किस लिए? अकेले रहने के लिए? अन्य लोगों की मृतात्माओं के लिए प्रार्थना कहने के लिए? यह तो जीवन नहीं है। मैं ऐसे कई लोगों को जानता हूँ, जिन्होंने रिहाई मिलने के बाद अपना जीवन समाप्त कर लिया था। मुझे अक्सर दुःख होता था, मैं नितांत अकेला था। मुझे मेरी माँ की बहुत याद आती थी।

अब यह मुझे तय करना था कि इस जीवन को जीते रहूँ या ज़हर खाकर अपने माता-पिता की तरह दुनिया को अलविदा कह दूँ। लेकिन मैंने अपने आपसे और भगवान से वादा किया था कि मैं यथासंभव अच्छा जीवन जीने की कोशिश करूँगा, अन्यथा मेरे माता-पिता की मृत्यु और उनके द्वारा उठाए गए कष्ट व्यर्थ हो जाएँगे।

तो, मैंने जीवन को चुना।

कोई काम नहीं था, कोई अपना नहीं था - मैं अपना समय यहूदी कल्याण समाज द्वारा स्थापित एक कैंटीन में बिता रहा था। यह पूरे ब्रसेल्स में यहूदी शरणार्थियों के साथ-साथ मित्र देशों की सेनाओं के यहूदी सैनिकों को भी भोजन और सहयोग प्रदान कर रहा था। कितना अद्भुत दृश्य था। सालों तक अपने लोगों को पिटते-मरते और भूख से कंकाल में तब्दील होते हुए देखने के बाद खुद को यहूदी लड़ाकों के बीच सेहतमंद और मज़बूती के साथ खड़े देखना सचमुच आश्चर्यजनक था। यूरोप, अमेरिका, इंग्लैंड, फ़िलिस्तीन, दुनिया-भर के सैनिक मौजूद थे। अविश्वसनीय दृश्य। और भी अविश्वसनीय था वहाँ, बाक़ी पुरुषों के साथ भोजन के लिए लाइन में लगे हुए, दुनिया में मेरे सबसे अच्छे मित्र कुर्ट को देखना!

ओह, यह तो अकल्पनीय था! क्या आप इसकी कल्पना कर सकते हैं? वह आदमी जो मेरे लिए एक भाई की तरह था, उस नर्क में मेरी मदद करने के लिए हमेशा खड़ा रहा, ताकि मैं जीवित रह सकूँ, और मैंने सोचा था कि इसे ग्लीवित्ज़ में मरने के लिए छोड़ दिया गया था। वह बेल्जियम में मेरे सामने खड़ा था, कॉफ़ी पीते हुए, केक खाते हुए स्वस्थ और सुरक्षित। मैं उसे देख कर बहुत ख़ुश हुआ! हम गले लगे और हमारी आँखों से ख़ुशी के आँसू झरने लगे।

भोजन के समय उसने मुझे अपनी कहानी सुनाई। वह उस जगह पर केवल दो दिनों तक छिपा रहा, क्योंकि इस बीच उसे सैनिकों के भारी-भरकम जूतों की आवाज़ सुनाई दी। ऐसा लगा कि वे नज़दीक आ गए हैं। वह और वहाँ पर छिपे हुए अन्य लोग यह सोच कर घबरा गए कि यह निश्चित ही उनका आख़िरी दिन है। लेकिन फिर उन्हें रूसी भाषा में बात करते हुए सैनिकों की आवाज़ सुनाई दी और इन लोगों ने उनके समक्ष आत्म-समर्पण कर दिया। उन्हें सैनिकों को यह समझाने में थोड़ा समय लगा कि नुक़सान पहुँचाने वाले क़ैदी नहीं हैं। वे रूसी नहीं बोल सकते

थे और रूसियों को जर्मन भाषा नहीं आती थी। रूसियों ने पूरे यूरोप में नाज़ी अत्याचार देखे थे और वे क्रोध से भरे हुए थे। लेकिन, जब उन्हें समझ में आ गया कि कुर्ट और बाक़ी लोग पीड़ित हैं, तो उन्होंने उनकी अच्छी देखभाल की। खाना दिया, कपड़े दिए और फिर उन्हें ओडेसा लेकर गए, जहाँ वे शेष युद्ध तक सुरक्षित रहे। कुर्ट को ओडेसा से ब्रसेल्स तक पहुँचने के लिए जहाज मिल गया और वह मुझसे कई महीनों पहले ब्रसेल्स आ गया था।

कुर्ट को वापस देख कर मैं खुशी से भर गया। मुझे लग रहा था कि वह मर चुका है और मैं उसे दोबारा कभी नहीं देख पाऊँगा। और अब हम दोनों एक साथ बैठ कर कॉफ़ी और केक का मज़ा ले रहे थे। अब मैं इस दुनिया में अकेला नहीं था। मैं एक अनाथ था और नहीं जानता था कि मेरी बहन के साथ क्या हुआ, लेकिन कुर्ट को पाकर मैंने परिवार पा लिया था। यह हार नहीं मानने, चलते रहने का संकेत था। मैंने अपने जीवन में उसे बहुत बार खोया था और फिर पा भी लिया – हमेशा, एक चमत्कार की तरह।

हम दोनों मिल कर एक शरणार्थी केंद्र में गए जहाँ भोजन और राशन बंट रहा था, लेकिन अपना सबकुछ खो चुके सैकड़ों शरणार्थियों की लंबी क़तार देख कर हम किनारे खड़े हो गए।

'दान के भरोसे रह कर हम अपना जीवन-यापन नहीं कर पाएँगे,' मैंने कुर्ट से कहा, 'हमें नौकरी ढूंढ़नी होगी।' और फिर हम उस क़तार में लगने के बजाय रोज़गार कार्यालय में गए। हमने तय कर लिया कि जब तक काम नहीं मिलेगा, यहाँ से नहीं हटेंगे।

कुर्ट एक कुशल कैबिनेट निर्माता था और जल्द ही उसे सुंदर फ़र्नीचर बनाने वाले एक छोटे क़ारखाने में फ़ोरमैन का काम मिल गया। मैंने एक ऐसे व्यक्ति का विज्ञापन देखा जो रेलवे के लिए उपकरण बनाने का कारख़ाना खोलना चाहता था, और उसे एक कुशल इंजीनियर की आवश्यकता थी। मिस्टर बर्नार्ड एंटचर्ल एक बहुत ही दयालु और उदार व्यक्ति थे। हम एक साथ स्विट्ज़रलैंड गए और उन्होंने ज़रूरत की सभी मशीनें ख़रीदीं। जल्द ही मैं कारख़ाने का फ़ोरमैन बन गया और मेरे अधीन पच्चीस कर्मचारी थे।

हमारी पहली नौकरी मिलने के एक सप्ताह बाद, कुर्ट और मैंने ब्रसेल्स के बीचों-बीच बने एक अपार्टमेंट में एक सुंदर से फ़्लैट के लिए डिपॉज़िट दे दिया। हमारे पास कार थी और बहुत सारा पैसा भी, लेकिन हमें कभी-कभी बुरा लगता था कि हमारा जीवन अचानक इतना अच्छा हो गया। लोगों को अभी-भी समृद्ध दिखाई देने वाले यहूदियों पर संदेह था। पुरानी यहूदी-विरोधी सोच रातों-रात ख़त्म नहीं हुई। कभी-कभी, मैं कारख़ाने में अन्य लोगों को ऐसी बातें कहते हुए सुनता था, 'लालची

यहूदी,' या इसका अर्थ यह भी निकलता था कि मैं एक बेल्जियमवासी की नौकरी छीन रहा हूँ। यह सुनना बहुत तकलीफ़देह था, ख़ासकर तब जब बेल्जियम ने मुझसे मेरा पूरा परिवार छीन लिया था।

लेकिन, पूरा परिवार नहीं! ब्रसेल्स में मेरा ठिकाना जमने के बाद, एक स्थानीय समाचार-पत्र ने अपने उस हिस्से में मेरी तसवीर छापी, जिसमें इस विध्वंस से जीवित बचे हुए लोग अपने बिखरे हुए परिजनों को बता सकते थे कि वे सुरक्षित हैं। इसके तुरंत बाद मुझे मेरी बहन हेनी मिल गई, वह एक बोर्डिंग हाउस में रह रही थी। डेथ मार्च में हमारे अलग होने के बाद वह युद्ध में बच गई और बाद के महीनों में रेवेन्सब्रुक यातना शिविर के पास सेब के एक खेत में काम करते हुए पहले से कुछ बेहतर स्थिति में रह रही थी। दो चमत्कार! मेरे दो प्रिय व्यक्ति जीवित थे! मुझे विश्वास ही नहीं हो रहा था। हमने तय किया कि वह मेरे और कुर्ट के साथ रहेगी। मैं तो सोच रहा था कि मैंने अपने परिवार के सभी लोगों को खो दिया है, और कभी, किसी से नहीं मिल पाऊँगा, लेकिन अब मेरे दो-दो प्रियजन जीवित थे और मेरे साथ थे। अब मेरा अपना एक परिवार था और मैं अपना जीवन दोबारा शुरू कर सकता था।

एक शाम, हम अपने अपार्टमेंट में बैठ कर ब्रॉडशीट अख़बार *ले सोर* पढ़ रहे थे। इसमें हमने पुल से कूदकर आत्महत्या करने की कोशिश करने वाली दो यहूदी लड़कियों के बारे में पढ़ा। वे ऑशवित्ज़ II - बिरकेनाऑ में थीं और अपने परिवार को खोजने के लिए ब्रसेल्स लौट कर आईं तो पता चला कि परिवार में कोई नहीं बचा, और उन्होंने अपना जीवन समाप्त करने का फ़ैसला कर लिया। जिस पुल से उन्होंने कूदने का फ़ैसला किया वह बहुत ऊँचा नहीं था, और उसके नीचे से एक मालवाहक नौका हमेशा आती-जाती रहती थी। और यदि आप उसके डेक पर गिरते हैं तो मौत तय है। वे बेचारी लड़कियाँ डेक पर नहीं, पानी में गिरीं और उन्हें तत्काल गिरफ़्तार कर लिया गया और मानसिक चिकित्सालय में भर्ती कर दिया गया। हमने उनकी मदद करने का निर्णय लिया।

कुर्ट और मैं इस अस्पताल में गए और उन लड़कियों के बारे में पूछताछ की। हमें उनके वार्ड में ले जाया गया, यहाँ पर उनके साथ एक तीसरी यहूदी महिला भी थी। उसने भी आत्महत्या का प्रयास किया था। यह बहुत दुःखद था। अस्पताल इन महिलाओं की जगह नहीं थी। हालात भयावह थे। मैं अस्पताल के प्रभारी आयुक्त के पास गया और उनसे कहा कि मैं इन लड़कियों की ज़िम्मेदारी उठाना चाहता हूँ।

'मेरे पास एक अच्छा अपार्टमेंट है और भरपूर पैसा भी है। मैं इन लोगों की देखभाल कर सकता हूँ। कृपया इन्हें सींखचों के पीछे नहीं रखें। अस्पताल बहुत भयानक है। अगर आप पूरी तरह से ठीक हों तो भी यहाँ रह कर तीन महीने में पूरी तरह से पागल बन जाएँगे।'

मैं उसे समझाने में कामयाब रहा और तीनों लड़कियाँ हमारे साथ रहने के लिए आ गईं। मैंने अपार्टमेंट का दरवाज़ा खोला और उनसे कहा, 'देखो, हम दो पुरुष यहाँ रहते हैं, लेकिन निश्चिंत रहो, तुम लोगों के साथ कोई ग़लत काम नहीं होगा। आज से तुम मेरी बहनें हो।' वे सदमे से पूरी तरह उबरने तक हमारे साथ रहीं। मैं उन्हें नियमित रूप से अस्पताल ले जाता था, जहाँ उन्हें सल्फ़र बाथ दिया जाता था। उनकी त्वचा बहुत-बहुत ख़राब हो गई थी। हमें सबको ये बाथ लेना था - बहन को भी। बहन की सेहत कुर्ट और मुझसे बेहतर थी। कभी-कभी कुर्ट और मैं सप्ताह में दो बार भी जाते थे। जल्दी ही वे लड़कियाँ स्वस्थ महसूस करने लगीं। वे पागल नहीं थीं। बस नारकीय यातना से गुज़री थीं। उन्हें थोड़े प्यार और दया की ज़रूरत थी। जिन लोगों को इन यातना शिविरों का अनुभव नहीं है, उनके लिए इस स्थिति को समझना मुश्किल है। उन्हें रहने और स्वस्थ होने के लिए घर उपलब्ध कराना कुर्ट और मेरे लिए समाज के प्रति दान करने जैसा था - हमें जीवित रखने के लिए भगवान को धन्यवाद कहने का एक उपाय था। समय के साथ, वे पूरी तरह से ठीक हो गईं और काम और पतियों की तलाश में निकल गईं। हमारा पत्राचार जारी है।

उन लड़कियों से मिलने और उनकी मदद करने के बाद मुझे वास्तव में अपने पिता की सलाह समझ में आई कि पीड़ित लोगों की मदद करना कितना पुण्य का काम है और यह भी कि लेने से देना बेहतर है। दुनिया में हमेशा चमत्कार होते हैं, तब भी जब सब ओर निराशा छाई हो। और जब कोई चमत्कार नहीं हों, तो आप घटित कर सकते हैं। एक छोटे-से नेक काम से आप किसी व्यक्ति को हताशा से बचा सकते हैं, और इससे उसकी जान बच सकती है। और यही सबसे बड़ा चमत्कार है।

# अध्याय 12

## *प्रेम से बड़ी कोई दवा नहीं*

मुझे यूरोप में घर जैसा नहीं लगा। यह भूल पाना कठिन था कि हम ऐसे लोगों से घिरे हुए थे, जिन्होंने मेरे अपने लोगों के उत्पीड़न, निर्वासन और हत्या को रोकने के लिए कुछ नहीं किया था। बेल्जियम से कुल मिलाकर 25,000 से अधिक यहूदियों को निर्वासित किया गया था। इनमें से 1300 से भी कम बच पाए।

ब्रसेल्स में मुझे कभी-कभी लगता था कि मैं शत्रु का साथ देने वालों से घिरा हुआ हूँ। मैं जान भी नहीं पाऊँगा कि वे कौन थे, जिन्होंने मेरे माता-पिता पर आरोप लगाए, उन्हें बदनाम किया। हो सकता है कि उनमें से कोई कैफ़े की सामने वाली मेज़ पर बैठकर कॉफ़ी पी रहा हो। लोगों ने यहूदियों को घृणा, यहूदी-विरोध, भय या लालच के कारण भी बदनाम किया। कई परिवारों की हत्या इसलिए कर दी गई, क्योंकि उनके पड़ोसी की उनकी संपत्ति पर नज़र थी वे उसे हथियाना चाहते थे।

एक दिन कुर्ट और मैं ब्रसेल्स के शानदार बाज़ार में टहल रहे थे और वहाँ मैंने जो देखा उस पर विश्वास नहीं कर पा रहा था। मैं कुर्ट से मुख़ातिब हुआ और उस व्यक्ति की ओर इशारा किया, जिसने जाना-पहचाना सा सूट पहन रखा था।

मैंने कहा, 'तुम उस आदमी को देख रहे हो? मैं पक्के तौर पर कहता हूँ कि वह मेरा सूट है!'

'मज़ाक़ कर रहे हो!'

'नहीं,' मैंने कहा। 'मैं इस व्यक्ति को लगातार देख रहा हूँ। पिछली बार यह सूट वह मेरे माता-पिता के अपार्टमेंट की अलमारी में लटका हुआ था।'

हमने उस आदमी का पीछा तब तक किया, जब तक वह कैफ़े में चला नहीं गया। फिर मैंने आगे बढ़ कर उससे बात की। मैंने उससे कहा कि उसने मेरा सूट पहना हुआ है, और पूछा कि उसे यह कहाँ से मिला। उसने कहा कि मैं पागल हो गया हूँ। यह सूट उसने टेलर से सिलवाया है। मैं जानता था वह झूठ बोल रहा है।

यह एक बहुत ही ख़ास सूट था, जिसे मैंने लीपज़िग में बनाया था। साइकिलिंग के लिए मैंने इसमें निकरबॉकर कफ़ बनवाए थे। मैंने एक पुलिस वाले को बुलवाया।

'क्या आप कैफ़े में बैठे हुए इस आदमी को देख रहे हैं? इसने मेरा सूट चुराया है। 'ओके', पुलिस वाले ने कहा। 'हम उससे उसका जैकेट उतरवाएँगे।'

पहले तो उस आदमी ने मना कर किया, लेकिन अंततः मान गया। जब उसने जैकेट को उतारा, तो उसमें बहुत अच्छे दर्जी का ब्रांड लगा हुआ था। युद्ध से पहले लीपज़िग में मैं इसी दर्जी के पास गया था। वह आदमी जर्मन लेबल तक नहीं पढ़ सकता था। वह मेरा सूट लौटाने के लिए तैयार हो गया। वह तो एक मामूली चोर था, लेकिन वहाँ पर वास्तव में शत्रु का साथ देने वाले कई लोग थे, जिनके हाथ यहूदियों के ख़ून से रंगे थे फिर भी वे बड़े आराम से घूम रहे थे।

एक बार मैंने ऐसे ही कापो को सड़क पर घूमते हुए दबोचा था, जो यहूदियों को परेशान करने वाले यहूदियों का इंचार्ज था। मुझे विश्वास नहीं हो रहा था कि वह ज़िंदा है और आज़ाद भी। मैं पुलिस के पास गया और उसे न्याय के कठघरे में खड़ा करने के लिए कहा, पुलिस ने मुझसे इस मामले को भूल जाने के लिए कह दिया। उसने ब्रसेल्स के एक प्रभावशाली नेता की बेटी से शादी की थी और पुलिस इस मामले में पड़ना नहीं चाहती थी।

कुर्ट और मैंने खुद ही प्रतिशोध लेने की ठानी, लेकिन हमें देखकर वह आदमी सावधानी बरतने लगा था। वह अकेले कहीं नहीं जाता था - उसके साथ अंगरक्षक होते थे। और उसके साथ हर समय दो बढ़िया अल्सेशियन हाउंड चलते थे। उसे और उस जैसे और कई अपराधियों और हत्यारों को अदालत का सामना नहीं करना पड़ा।

बेल्जियम मुझे कभी-भी लुभा नहीं सका। एक शरणार्थी के रूप में मुझे एक बार में केवल छह महीने तक ही ब्रसेल्स में रहने की अनुमति दी गई थी। एक कारख़ाने के प्रभारी होने और दो साल के लिए अनुबंध पर हस्ताक्षर करने के बावजूद ऐसा था!

बूकेनवॉल्ड की डेथ ट्रेन में मुझे जिस व्यक्ति ने एक महिला की फ़ोटो दी थी, मैंने उसके बारे में पता किया और उसे बताया कि आख़िरी समय में उसका पति उसे याद कर रहा था। वह बहुत भावुक हो गई और उसने मुझे अपने परिवार के साथ रात्रि-भोज करने के लिए आमंत्रित किया। मैं गुलदस्ते और केक के साथ एक अच्छा-सा सूट पहन कर पहुँचा, लेकिन उस परिवार ने मेरा स्वागत अच्छे तरीक़े से नहीं किया।

पिता ने नाक-भौंह सिकोड़ कर कहा, 'ओह, तो आप यहूदी हैं।' मैं बिना खाए लौट आया। मैंने उस महिला से कहा हम दोस्त नहीं बन सकते। यदि हम दोस्त बनेंगे तो उसे अपने परिवार को खोना पड़ सकता है।

हम जीवित बचे हुए लोगों के लिए बेल्जियम के समाज में अपना स्थान बना पाना बहुत कठिन था। यहूदियों का विरोध अब भी सामान्य बात थी, और लोग हम पर विश्वास नहीं के बराबर करते थे। हमने जिस दहशत का अनुभव किया, उसे इससे गुज़रे बिना कोई नहीं समझ सकता था। वे लोग भी नहीं जो हमारे साथ सहानुभूति रखते थे। मेरी व्यथा को केवल एक ही व्यक्ति समझ सकता था - और वह था कुर्ट। लेकिन हम हमेशा तो साथ नहीं रह सकते थे। उसे शार्लेट नाम की एक ख़ूबसूरत प्रेमिका मिल गई और उन्होंने 1946 की फ़रवरी में शादी कर ली।

और फिर, मैं डरने लगा था कि आगे मैं कभी-भी, किसी के साथ नहीं रह पाऊँगा, लेकिन इसी बीच मेरी मुलाक़ात फ़्लोर मोल्हो नाम की एक ख़ूबसूरत महिला से हुई। उसका जन्म ग्रीस के सैलोनिका में एक सेफ़र्डिक यहूदी परिवार में हुआ था, लेकिन पालन-पोषण बेल्जियम में हुआ था। जब मैं उससे मिला, तो वह मोलेनबीक की ब्रसेल्स नगरपालिका के टाउन हॉल, मैसन कम्युनल के लिए काम कर रही थी। जहाँ से कोई भी युद्ध के बाद राशन की अवधि के दौरान अपने फूड स्टाम्प्स ले सकता था।

एक दिन मैं अपने डबल राशन कार्ड जमा करने और अपने फूड स्टाम्प्स लेने के लिए वहाँ पहुँचा। फ़्लोर के पास कार्ड पहुँचाने वाले ने उसे बताया कि एक ऐसा व्यक्ति आया है, जिसके शरीर पर टैटू बना है। उसने यातना शिविरों के बारे में सुन रखा था और वह ऐसे हर व्यक्ति से बात करना चाहती थी, जिन्होंने यातना शिविरों में समय गुज़ारा है। और वह मेरे पास आई। मुझे पहली नज़ा में ही उससे प्यार हो गया। मैंने उससे कहा कि मैं उसके साथ एक नया जीवन शुरू करने के लिए अपना सब कुछ उसे देने के लिए तैयार हूँ। वह हँस पड़ी। वह वापस अपने ऑफ़िस में गई और लोगों को बताया कि आज़ाद किए गए क़ैदियों में से एक ने उसे विदेश ले जाने की पेशकश की थी। सबको यह हास्यास्पद लग रहा था।

युद्ध के दौरान वह बहुत भाग्यशाली रही। वह यहूदी थी, लेकिन छिप कर बच गई। मई, 1940 में जब जर्मनी ने बेल्जियम पर आक्रमण किया, तो वह एक स्थानीय काउंसिल में काम कर रही थी, लेकिन नाज़ियों को नहीं पता था कि वह यहूदी है। हर चीज़ की कमी और अमेरिकी संगीत बजाने से लेकर रात में सड़कों पर चलने जैसे प्रतिबंधों के साथ जीवन कठिन होने लगा था, लेकिन कुछ मायनों में उसका जीवन सामान्य रूप से चलता रहा। वह घर पर ही रही और 1942 में तब तक काम पर जाती रही जब तक कि उसे स्थानीय गेस्टापो मुख्यालय में उपस्थित होने

का आदेश नहीं आ गया। एक सहकर्मी ने, जो उस जगह अपनी पत्नी को नौकरी पर रखना चाहता था, ने उस पर आरोप लगाए और उससे कहा गया कि अब वह काउंसिल के लिए काम नहीं कर सकती। फिर उसे - कांटा-छुरी और कंबल जैसी वस्तुओं की सूची सौंपी गई और कहा गया कि वह 4 अगस्त, 1942 को मेकलन में पूर्व सैन्य बैरक़ में रिपोर्ट करे। उसका निर्वासन होना था।

इस बीच, उसकी काउंसिल के अधिकारी को इस आदेश के बारे में मालूम हुआ और उसने बेल्जियन रेसिस्टेंस के माध्यम से उसे फ्रांस भेजने की व्यवस्था करवा की, जहाँ वह नक़ली पहचान के साथ पहुँचने वाली थी। उसे नया नाम मिला क्रिश्चानो डेलेक्रॉय (यानी क्रॉस की अनुयायी) - बहुप्रचलित नाम। अगले दो सालों तक वह पेरिस में रही। भाई अल्बर्ट और भाभी मेडेलीन को छोड़कर सभी को इस बारे में पता था - जिनके साथ वह क्रिश्चानो डेलेक्रॉय बन कर एक अपार्टमेंट साझा कर रही थी।

अगस्त, 1944 में जब पेरिस आज़ाद हुआ, वह एवेन्यू डेशॉज़िलेज़े में जनरल चार्ल्स द गोल की विजय परेड में उनकी जय-जयकार करते हुए भीड़ में शामिल हो गई। कुछ ही सप्ताह बाद वह ब्रसेल्स लौट आई।

उसे मुझसे तुरंत प्यार नहीं हुआ था। सच कहूँ तो उसने पहले मुझ पर दया दिखाई, प्यार नहीं जताया। मुझ पर दया करने के लिए मैं उसे दोष नहीं देता! कैंप से मिले कई घाव अब भी मेरे साथ थे। एसएस गार्ड द्वारा चलाई गई गोली के कारण कई सालों तक मेरे सिर में दर्द बना रहा और कुपोषण के कारण शरीर को कई परेशानियों से गुज़रना पड़ रहा था। सप्ताह में दो बार, कुर्ट और मैं दोनों को सल्फ़र स्नान के लिए एक विशेषज्ञ के पास जाते थे ताकि हमें दर्जनों, दर्दनाक, बदबूदार फोड़ों से राहत मिल सके।

फ़्लोर और मैं अपनी पहली आउटिंग के लिए फ़िल्म देखने गए, लेकिन मेरी पीठ में एक भयानक फोड़ा था। मैं ठीक से बैठ नहीं पा रहा था, लगातार हिल-डुल रहा था।

वह फुसफुसाई, 'तुम्हें क्या परेशानी है? सीधे क्यों नहीं बैठते?' और, मैं अपनी परेशानी उसे बता नहीं सकता था। घर लौटते ही मैंने कुर्ट से इसे चाकू से छीलने के लिए कहा, ताकि मुझे आराम मिल सके।

फिर हम बार-बार मिलते रहे और एक दूसरे के प्यार में पड़ने लगे। प्यार ज़िंदगी का सबसे अच्छा अहसास हैं, इसके लिए बहुत सब्र रखना पड़ता है, संवेदना, सहानुभूति रखनी पड़ती है। 20 अप्रैल, 1946 को हमने समारोहपूर्वक शादी कर ली। मेरे दयालु बॉस और फ़्लोर को कैंप जाने से बचाने वाले उसके बॉस इस अवसर पर ख़ास-तौर पर उपस्थित थे। फ़्लोर की माँ फ़ॉर्चुनी खुशी से रो पड़ीं। वह बहुत भली महिला थीं और उन्होंने अपने परिवार में मुझे बेटे की तरह स्वीकार किया। इस तरह मुझे इस शादी से पत्नी के साथ-साथ एक माँ भी मिल गई।

फ़्लोर और मैं बहुत अलग-अलग स्वभाव के थे, लेकिन इसी बात से मैं उस पर मुग्ध हुआ था। मैं बहुत व्यावहारिक और व्यवस्थित था और मुझे मशीनों और नंबरों के साथ काम करना पसंद था। उसे नए लोगों से मिलना, संगीत सुनना, अच्छा खाना बनाना और थिएटर जाना पसंद था। जब हम एक साथ एक शो में जाते थे, तो वह दिल लगाकर उसे देखती और उसकी याददाश्त बहुत अच्छी थी, वह अभिनेताओं द्वारा कही गई पंक्तियों को तुरंत दोहरा सकती थी! और इसी वजह से हमारी जोड़ी शानदार बन सकी। आप अपने प्रतिबिंब के साथ प्यार में नहीं पड़ना चाहते हैं! मज़बूत साझेदारी ऐसे पुरुष या महिला के साथ होती है, जो आपसे अलग हो, जो आपको एक बेहतर इंसान बनने के लिए नई चीज़ों को आजमाने की चुनौती दे।

जब मेरी शादी हुई, उस समय मैं बड़ा ज़िद्दी इंसान था। मैं डांस फ़्लोर पर नहीं जाना चाहता था। मैं सिनेमा नहीं जाना चाहता था। मैं भीड़भाड़ में जाने से बचता था। मैंने डर के साथ इतने लंबे समय तक जीवन गुज़ारा था कि मैं अब भी किसी सरवाइवर की ही तरह सोचता था। मैं हर जगह ख़तरा ही देखता था। मेरी पत्नी को इस बारे में मालूम नहीं था। जो लोग शिविरों में नहीं रहे थे, वे नहीं समझ सकते कि लोग कितने क्रूर हो सकते हैं और आप कितनी आसानी से अपनी जान गंवा सकते थे।

मैं अब भी दर्द सह रहा था। लीपज़िग में रह रहे हमारे एक पुराने पारिवारिक मित्र ने लंबे समय से बंद पड़े हमारे पारिवारिक घर से कुछ चीज़ें इकट्ठी कीं और उन्हें बक्से में भर कर हमें भेजा। जब वह बक्सा मुझे मिला तो, मैंने उसे काँपते हाथों से उसे खोला। उसमें हमारी तसवीरों और दस्तावेज़ों का एक गट्ठा था। मेरे पुराने क़ानूनी दस्तावेज़; कई तरह के पहचान पत्र; मेरे पिता द्वारा मेरे लिए बीमा के भुगतान की जानकारी देने वाली एक पुस्तिका; ग्रेजुएशन के समय की वाल्टर श्लाइफ़ की वर्कबुक। मेरे उन सभी प्रियजनों की कई तसवीरें जिन्हें मैं फिर कभी नहीं देख पाऊँगा।

यह सबकुछ बहुत भावुक करने वाला था। मैं रोया। मेरी बहन तो इतनी विचलित हो गई कि उसने इन्हें देखा भी नहीं। अपने भीतर के दर्द को, अवचेतन की चोट को भूलना तब और भी संभव नहीं है, जब आपके सामने अपनी खोई हुई हर चीज़ को सप्रमाण प्रस्तुत किया जाता है। अपनी दिवंगत माँ की उन तसवीरों को पकड़े हुए, मैं इस विचार से स्तब्ध था कि जिस किसी से मैंने प्यार किया था, वह चला गया और अब कभी वापस नहीं आएगा। और यहाँ मेरे पास उसका सबूत था - यादों का पिटारा, आत्माओं का।

मेरे लिए यह बहुत बड़ा सदमा था। कई दिनों तक मैंने इन चीज़ों को अपने से दूर रखा, मुझमें हिम्मत नहीं थी इन्हें फिर से देखने की।

मैं खुश इंसान नहीं था।

सच कहूँ तो मैं समझ ही नहीं पा रहा था कि मैं अब तक जीवित क्यों हूँ, और जीवित हूँ भी तो किसलिए? पीछे मुड़कर देखता हूँ तो मुझे अपनी पत्नी के बारे में सोच कर बहुत बुरा लगता है। उसके मेरे साथ बिताए पहले दो साल बड़े चुनौतीपूर्ण रहे। मैं किसी दुःखी आत्मा की तरह था और वह एक जीवंत इंसान, उसने बेल्जियम की संस्कृति को पूरी तरह से आत्मसात कर लिया था, अलग-अलग पृष्ठभूमियों वाला उसका एक बड़ा मित्र परिवार था। और मैं शांत, दुःखी और अपने आप में सिमटा रहने वाला।

लेकिन मेरे पिता बनते के साथ सब कुछ बदल गया।

हमारी शादी के क़रीब एक साल बाद, फ़्लोर गर्भवती हो गई। एक परिवार का अच्छे से भरण-पोषण करने के लिए पर्याप्त धन कमाने के लिए मैंने एक ऐसी कंपनी में नौकरी कर ली, जिसने पूरे यूरोप में ऑपरेटिंग उपकरण स्थापित किए थे। मेरे काम में एक शहर से दूसरे शहर जाना, मेडिकल ऑपरेशन से संबंधित विशिष्ट और जटिल मशीनरी स्थापित करना, और फिर स्थानीय कर्मचारियों को मशीन के संचालन और रख-रखाव की जानकारी देना शामिल था। एक जॉब को पूरा करने के लिए तीन से चार दिन लगते थे। मैं अपने काम के सिलसिले में बाहर ही था और मुझे मेरी पत्नी ने बताया कि उसे प्रसव-पीड़ा शुरू हो चुकी है। मेरे बॉस ने तुरंत मेरे लिए एक छोटा-सा हवाई जहाज किराए पर लिया और मेरी ब्रसेल्स वापसी का इंतज़ाम कर दिया। बहुत छोटा-सा जहाज था, यहाँ तक कि इसका कॉकपिट भी खुला हुआ था, बस पायलट, मैं और खुला आसमान। टोपी और गॉगल्स के सहारे हमें अपनी सुरक्षा करनी थी। हमें एक तूफ़ान का सामना करना पड़ा और मुझे लगा कि मैं अब अपनी पत्नी और बच्चे को कभी नहीं देख पाऊँगा। लेकिन मेरे वहाँ पहुँचने के आधे घंटे बाद बच्चे का जन्म हुआ।

जब मैंने अपने सबसे बड़े बेटे माइकल को पहली बार अपनी बाँहों में लिया, तो यह किसी चमत्कार जैसा था। उस एक पल ने मेरे सभी दुःखों का अंत कर दिया, मैं खुशियों से भर गया। उस दिन से मुझे अहसास हुआ कि मैं धरती का सबसे भाग्यशाली व्यक्ति हूँ। मैंने अपने आपसे वादा किया था कि अब से अपने जीवन के अंत तक मैं खुश, विनम्र, मददगार और दयालु बना रहूँगा। मैं मुस्कराऊँगा।

उसी क्षण से मैं एक बेहतर इंसान बन गया। मेरी सबसे अच्छी दवा थी, मेरी ख़ूबसूरत पत्नी और मेरा बच्चा।

ब्रसेल्स में हमारा जीवन बहुत अच्छा तो नहीं था, लेकिन हम जीवित थे! आपको जो मिला है उसमें ख़ुश रहने की कोशिश करनी पड़ती है। अगर आप ख़ुश हैं तो ज़िंदगी शानदार है। दूसरों के जीवन में ताक-झांक नहीं करें। यदि आप अपने पड़ोसी को देख कर ईर्ष्या से व्याकुल रहेंगे तो ख़ुश नहीं रह पाएँगे।

हम अमीर नहीं थे, लेकिन हमारे पास पर्याप्त धन था। और सच कहूँ तो, सालों तक बर्फ़ीली ठंड में भूखे रहने के बाद टेबल पर खाना देखना ही शानदार अनुभव था। हमने शादी के बाद एक सुंदर अपार्टमेंट में घर लिया था, जहाँ से बेल्वेडिआ कैसल का नज़ारा दिखाई देता था। घर तो छोटा-सा था, लेकिन वहाँ से उस दृश्य को निहारने का आनंद ही कुछ और था। यदि आपके सामने इतना सुंदर दृश्य हो, तो आपको अपने महल की आवश्यकता नहीं! और भले ही मैं महल ले भी लूँ, तो उसमें नहीं रहना चाहता - इतनी सफ़ाई कौन करेगा!

मेरे आसपास के लोगों के पास बहुत पैसा था - *यह व्यक्ति मर्सीडीज़ चलाता है, उसके पास डायमंड की घड़ी है।* तो क्या हुआ? हमें कार की ज़रूरत नहीं थी। हमने दो सीटों वाली एक साइकल ख़रीदी। और बेशक उसके बाद उसमें कुछ सुधार करते हुए मैंने दो छोटी-छोटी मोटर लगाईं ताकि चलाना आसान हो सके। जब हम समतल ज़मीन पर चलते तो मैं एक मोटर चालू करता और जब ऊँचाई पर जाना होता, तो दूसरी चला लेता, हमारे लिए इतना ही पर्याप्त था।

जीवित रहना, एक सुंदर बीवी के साथ अपने ख़ूबसूरत बच्चे को गोद में उठाना किसी चमत्कार से कम नहीं था। आपने मुझे यातना शिविरों में भूखे रहते, यातनाएँ सहते हुए यदि आश्वासन दिया होता कि जल्दी ही मैं बहुत भाग्यशाली बन जाऊँगा, तो मैंने आप पर विश्वास नहीं किया होता। समय के साथ मेरी पत्नी अब केवल पत्नी नहीं रही, मेरी सबसे अच्छी दोस्त बन गई। प्यार ने मुझे बचा लिया। मेरे परिवार ने मुझे बचा लिया।

मैंने सीखा कि ख़ुशी आसमान से नहीं टपकती; यह आपके हाथ में होती है। ख़ुशी आपके अंदर से और उन लोगों से मिलती है, जिन्हें आप प्यार करते हैं। और अगर आप स्वस्थ और ख़ुश हैं, तो आप करोड़पति हैं।

और दुनिया में ख़ुशी ही एक ऐसी चीज़ है, जो बाँटने पर दुगुनी होती है। मेरी पत्नी मेरी ख़ुशी को दुगुनी कर देती है। कुर्ट के साथ मेरी दोस्ती ने मेरी ख़ुशियों को दुगुना किया। और अब जब आप मेरे नए मित्र हैं, मुझे उम्मीद है कि आपकी ख़ुशी दुगुनी हो गई होगी।

हर साल, फ़्लोर और मैं 20 अप्रैल - हिटलर के जन्मदिन पर हमारी शादी की सालगिरह मनाते हैं। हम आज भी जीवित हैं, हिटलर दूसरी दुनिया में चला गया। कभी-कभी जब हम शाम को टीवी के सामने चाय का प्याला और बिस्किट लेकर

बैठे होते हैं, तो मुझे लगता है कि क्या हम सौभाग्यशाली नहीं हैं? मेरे विचार से, यही सबसे अच्छा प्रतिशोध है और यही एकमात्र प्रतिशोध है, जिसमें मेरी दिलचस्पी है - धरती पर सबसे खुश आदमी बन कर रहना।

# अध्याय 13

## *हम सभी एक बड़े समाज का हिस्सा हैं और हमारा काम है, सभी के लिए स्वतंत्र और सुरक्षित जीवन उपलब्ध कराने में योगदान देना*

हम बेल्जियम में नहीं रह सके। तकनीकी रूप से मैं अभी-भी शरणार्थी ही था और वहाँ टिके रहने के लिए मुझे छह-छह महीने में आवेदन देना पड़ता था। हम वहाँ ख़ुश तो थे, लेकिन आप जीवन को छह-छह महीने के टुकड़ों में कैसे जी सकते हैं। क़ुर्ट अपनी पत्नी के साथ इज़राइल चला गया था और मेरी बहन ऑस्ट्रेलिया। बहन की भी शादी हो चुकी थी और उसका अपना एक परिवार था।

मैंने दो आवेदन बनाए, एक ऑस्ट्रेलिया के लिए और दूसरा फ्रांस के लिए। मार्च, 1950 में मुझे ऑस्ट्रेलिया में रहने और काम करने की अनुमति मिल गई। हम एक स्टीमशिप एमएस सुरिएंटो के ज़रिए एक महीने में ऑस्ट्रेलिया पहुँचे - ब्रसेल्स से पेरिस, पेरिस से जेनेवा और फिर ऑस्ट्रेलिया। हम 13 जुलाई को सिडनी पहुँचे। हम तीनों की यात्रा में एक हज़ार पाउंड का ख़र्च हुआ। इसका भुगतान अमेरिकी यहूदी संयुक्त वितरण समिति द्वारा किया गया, यह एक यहूदी मानवीय सहायता संगठन है, जिसे जॉइंट के नाम से भी जाना जाता है। मैंने उनसे ये वादा किया कि जब भी संभव होगा, ये रक़म वापस करूँगा। उन्हें बेहद आश्चर्य हुआ और उन्होंने कहा कि अनेक लोग ने पैसे वापस नहीं किए हैं, लेकिन मैं वापस करना चाहता था। यदि उनके पास पैसे होंगे तो वे आगे किसी और की मदद कर सकेंगे, जैसी कि उन्होंने मेरी की।

हम गुरुवार को सिडनी पहुँचे, और मैं सीधे ओकोनल स्ट्रीट स्थित इलियट ब्रदर्स के कार्यालय में पहुँच गया, जहाँ मुझे एक चिकित्सा उपकरण निर्माता के रूप में काम करना था। मैं अपनी पत्नी और बच्चे को भी साथ लेकर गया, क्योंकि हमारे पास रहने का कोई ठिकाना नहीं था।

बॉस हँसे। उन्होंने कहा, 'मुझे केवल एक उपकरण निर्माता चाहिए, तीन नहीं!' फिर उन्होंने एक बहुत ही जटिल मशीन के ब्लूप्रिंट निकाल कर मुझे दिए। ये उस

तरह की मशीन के थे, जिनका निर्माण यूरोप में किया जाता था। बाद में, युद्ध के दौरान यह उद्योग नष्ट हो गया था।

'हाँ, ठीक है।' मैंने कहा, 'बहुत आसान है।' मैंने अगले सोमवार से काम चालू कर दिया।

सिडनी में इस साल बहुत अधिक बरसात हुई। इससे पहले कभी इतनी नहीं हुई थी। जहाज से नीचे क़दम रखने के बाद से लगातार तीन महीनों तक बारिश ने थमने का नाम ही नहीं लिया था। मुझे लगता है ऑशवित्ज़ में यहाँ से अधिक धूप खिलती थी। मैं और मेरी पत्नी बहुत मायूस थे। हमने सिडनी की जो तसवीरें देखी थीं उनमें सुंदर समुद्र तट और ताड़ के ख़ूबसूरत पेड़ थे। यहाँ तो कई सप्ताह से मौसम ठंडा और नम बना हुआ था। हमारे सारे सामान में नमी भर गई थी। मैं काम से लौटने के बाद अपनी शर्ट सुखाने के लिए लटकाता लेकिन वह सूखने के बजाय हवा से और अधिक नमी सोख लेती थी। हम सोचने लगे कि कहीं यहाँ आकर हमने ग़लती तो नहीं कर दी।

लेकिन फिर सूरज निकला और मौसम सुहाना हो गया।

हमें समुद्रतट के पास एक उपनगर में एक बहुत अच्छे घर में कमरा मिल गया। हमने वहाँ मेरे पिता के चचेरे भाई के पोलिश परिवार - स्कोरुपा के साथ मकान साझा किया। वे मुझसे कभी नहीं मिले थे, कभी जर्मनी नहीं गए थे, लेकिन वे हमारे प्रति बहुत दयालु और उदार थे। हैरी और बेला स्कोरुपा का विनम्र जोड़ा अपने तीन बच्चों लिली, ऐन और जैक के साथ रहता था। वे हमारे परिवार की ज़मानत लेने और अपने छोटे-से कुजी हाउस में हमारे रहने-खाने की गारंटी देने के लिए तैयार थे। उन्होंने हमें अपने बिस्तर दिए। हम उनके साथ कई महीनों तक रहे।

हैरी स्कोरुपा टेलर थे और एक भयानक दुर्घटना के बाद हम बहुत अच्छे दोस्त बन गए। वह हॉट वाटर बॉटल पर गहरी नींद में सो रहे थे। और उनके बच्चे उनसे वह बॉटल छीनना चाहते थे। बच्चों की छीना-झपटी में वह फट गई। सौभाग्य से बच्चों को कुछ नहीं हुआ, लेकिन हैरी बुरी तरह झुलस गए। घाव इसलिए बिगड़ गया, क्योंकि उन्हें डायबिटीज़ थी।

मैं उन्हें अस्पताल ले गया। उनकी पीठ की पूरी चमड़ी उधड़ गई थी। ठीक होने के लिए लगातार इलाज करवाना था। इसलिए हर सुबह मैं उन्हें अस्पताल ले जाता था, वहाँ से लौट कर काम पर जाने से पहले एक घंटे की नींद लेता था। इस दौरान हममें अच्छी दोस्ती हो गई।

ऑस्ट्रेलिया हमारे लिए अच्छा था। वहाँ पहुँचने के कुछ ही दिन बाद एक दिन मैं बॉटनी के एक होटल में कामकाज के सिलसिले में कुछ लोगों से मेल-मुलाक़ात कर रहा था, उसी समय वॉल्टर रूक नाम के सज्जन मेरे पास आए और बोले मैं इस देश में नया आया दिख रहा हूँ। उन्होंने मुझसे पूछा कि क्या मैं घर ख़रीदना चाहता हूँ। उन्होंने कहा कि उनके पास ब्राइटन-ले-सैंड्स में थोड़ी ज़मीन है, जो समुद्र तट के बहुत क़रीब है। यहाँ पर वह एक जैसे दो घर बना रहे थे। क्या मैं उनमें से एक ख़रीदना चाहूँगा? मैंने उन्हें बताया कि मेरे पास पर्याप्त पैसा नहीं है, तब उन्होंने कहा यह कोई समस्या नहीं है, वे मेरे लिए सुरक्षित धन का इंतज़ाम कर देंगे और ऑस्ट्रेलिया में बसने में मदद करेंगे।

हम नवंबर, 1950 में अपने नए घर में रहने के लिए चले गए। इसके ग्यारह महीने बाद फ़्लोर की माँ, जिन्हें मैं बहुत प्यार करता था, बेल्जियम से ऑस्ट्रेलिया आ गईं, हमारे साथ रहने के लिए। और फिर हमने अपने घर में उनके लिए भी एक कमरा बनवा लिया। ऑस्ट्रेलिया आकर उन्होंने भी बहुत नाम कमाया। उन्होंने एक ड्रेसमेकर के रूप में अपने आपको स्थापित कर लिया और सिडनी की कुछ बहुत ही ग्लैमरस महिलाएँ उनसे ड्रेस बनवाती थीं। शहर-भर की महिलाएँ उन्हें खोजती थीं और उनसे काम करवाना चाहती थीं, क्योंकि यूरोपियन स्टाइल के ड्रेसमेकर बहुत कम थे।

उन्हीं वर्षों में फ़्लोर और मैंने हमारे दूसरे अद्भुत बच्चे आंद्रे का भी इस दुनिया में स्वागत किया। मैंने सोचा था कि मैं अब कभी-भी उतना ख़ुश नहीं हो पाऊँगा, जितना मैं पहली बार अपने बड़े बेटे को गोद में लेकर हुआ था, लेकिन आंद्रे ने मुझे ग़लत साबित कर दिया। उसे गोद में लेने और उसके बड़े भाई को पहली बार उससे मिलते हुए देख कर मैं कितना ख़ुश हुआ, इसका वर्णन कर पाना मेरे बस में नहीं है। इस ख़ुशी ने मेरे पिछले सभी दुःखों को दूर कर दिया। अपने परिवार को बढ़ते हुए देखना मेरे लिए अद्भुत आनंद की बात थी।

1956 में एक बार मैं कुजी होटल के सामने से गुज़र रहा था, तो देखा कि वहाँ री-मॉडलिंग का काम चल रहा था और तमाम पैनल और बार को बाहर फेंका जा रहा था। मैंने उन्हें कौड़ियों के मोल ख़रीद लिया और अपने घर में व्यवस्थित जमा लिया। और इस तरह अब मेरे घर में एक शानदार पब बन गया था! और बार से मैंने अपने दोनों बेटों के लिए मेज़ें बना लीं।

मैं ऑस्ट्रेलिया को मेहनतकशों का स्वर्ग समझने लगा था। मुझे विश्वास नहीं हो रहा था कि इस देश ने मुझे इतने अवसर दिए हैं।

मैंने तय किया कि मुझे ऐसा कुछ करना चाहिए जिसे ऑस्ट्रेलियाई समाज बहुत महत्त्व देता है। सब तरह से विचार करने के बाद मुझे लगा कि यहाँ लोगों को ऑटोमोबाइल के प्रति ज़बरदस्त आकर्षण है। हालाँकि मेरे पास कारों पर काम करने का बहुत कम अनुभव था, लेकिन मुझे मेरे इंजीनियरिंग कौशल पर भरोसा था, मैंने होल्डेन सुधारने में विशेषज्ञता रखने वाली कंपनी में काम पा लिया। मशीनों से मेरे आत्मीय जुड़ाव के कारण मैंने जल्दी ही कारों की मरम्मत और उनका रख-रखाव करना सीख लिया। लेकिन समय-समय पर ऐसा भी होता था कि मुझसे कोई काम नहीं बनता था, तो मैं चुपचाप सर्विस मैन्युअल लेकर शौचालय में जाता था ताकि पढ़ कर जान सकूँ कि समस्या को किस तरह हल करना है!

उम्र के पचासवें दशक के मध्य तक मुझे इतना अनुभव हासिल हो गया था कि अपना काम चालू कर सकूँ और इसलिए हमने मैस्कॉट में बॉटनी रोड पर स्थित एक सर्विस स्टेशन ख़रीद लिया! हमने साइन बोर्ड लटका दिया, 'एडी'ज़ सर्विस स्टेशन।' फ़्लोर और मैं एक टीम की तरह काम करते थे। मैं कारों को सुधारता था, वह पेट्रोल भरती थी, टायरों में हवा डालती थी, कर्मचारियों का प्रबंधन करती थी, स्पेयर पार्ट्स बेचती थी और हिसाब रखती थी। कुछ ही सालों में हमारा व्यवसाय इतना बढ़ गया कि हमें ऑटो-प्रोफ़ेशनल्स की पूरी टीम को रखना पड़ा जो मरम्मत, पैनल बीटिंग और ऑटो-इलेक्ट्रिक्स जैसे काम करती थी। यहाँ तक कि हमने रेनो वाहनों की बिक्री करने वाला एक नया शो-रूम भी स्थापित कर लिया।

लेकिन आप अपने हाथों से आजीवन काम नहीं करते रह सकते। 1966 में हमने गैरेज़ बेच दिया। इस दौरान हमने यूरोप और इज़राइल में बसे अपने परिवार और दोस्तों के मिलने के लिए सात महीनों की छुट्टी ले ली। वापसी के दौरान मुझे बोंडी बीच में एक एजेंट ने रियल एस्टेट सेल्समैन बना दिया। मैंने रियल एस्टेट लाइसेंस हासिल करने के बारे में जानकारी प्राप्त की और फिर हमने अपनी खुद की रियल एस्टेट एजेंसी, ई.जाकू रियल एस्टेट खोल ली।

हमने इसमें नब्बे की उम्र तक पहुँचते तक काम किया। अंततः हमने तय कर लिया कि अब सेवानिवृत्त होने का समय आ गया है। दशकों तक फ़्लोर और मैं हर दिन अपने ऑफ़िस में कंधे से कंधा मिलाकर काम करते थे, अपने व्यक्तिगत जीवन की ही तरह व्यवसाय में भी हम एक शानदार टीम की तरह थे। हमें कई लोगों को उनकी पहली संपत्ति बेचने या किराए पर देने में खुशी महसूस हुई और अभी-भी मेरे बच्चों को कभी-कभी ऐसे व्यक्ति मिल जाते हैं, जो हमें याद करके कहते हैं कि हमारे जैसा ईमानदार रियल ऐस्टेट एजेंट उन्हें दूसरा नहीं मिला!

हमें आज भी शरणार्थी होने का अनुभव याद आता है, और हम नेकी के महत्त्व और पहली बार ऑस्ट्रेलिया पहुँचने पर स्कोरुपाज़ द्वारा की गई मदद को भी नहीं भूले हैं। हम आज तक हैरी और बेला की बेटी लिली स्कोरुपा के बहुत क़रीब

हैं। इसलिए हमने युवा परिवारों और उन लोगों की मदद करना सुनिश्चित किया, जिन्हें अपने नए जीवन में शुरुआत करने के लिए थोड़ी-सी मदद की ज़रूरत थी।

मैंने जीवन की शुरुआत में ही जान लिया था कि हम सभी एक बड़े समाज का हिस्सा हैं और हमारा काम है, सभी के लिए स्वतंत्र और सुरक्षित जीवन उपलब्ध कराने में योगदान देना। अगर मैं किसी अस्पताल में जाकर अपने बनाए हुए उपकरणों को देखता और मुझे मालूम पड़ता कि जीवन को बेहतर बनाने के लिए उनका हर दिन इस्तेमाल किया जा रहा है, तो इससे मुझे बहुत खुशी मिलती। आपके द्वारा किए जाने वाले प्रत्येक कार्य के बारे में भी यही सच है। क्या आप शिक्षक हैं? आप हर दिन युवाओं के जीवन को समृद्ध करते हैं! क्या आप शेफ़ हैं? आपके द्वारा पकाया जाने वाला प्रत्येक भोजन दुनिया को बहुत आनंद देता है! शायद आपको अपनी नौकरी पसंद नहीं हो या आप दुर्बोध लोगों के साथ काम कर रहे हों। फिर भी आप महत्त्वपूर्ण काम कर रहे हैं, हम जिस दुनिया में रहते हैं, उसमें आप अपना छोटा-सा योगदान दे रहे हैं। हमें इस बात को कभी नहीं भूलना चाहिए। आपके आज के प्रयास उन लोगों के जीवन को प्रभावित करेंगे, जिन्हें आप जानते तक नहीं होंगे। अब यह आपको चुनना है कि आप सकारात्मक प्रभाव डालते हैं या नकारात्मक। आप हर दिन, हर मिनट ऐसा कोई काम चुन सकते हैं, जो किसी अनजान व्यक्ति का उत्थान कर सके या फिर उन्हें नीचे गिरा दे। चुनना सरल है। और यह चुनाव आपको ही करना है।

# अध्याय 14

## *सुख बाँटने से दुगुना हो जाता है और दु:ख बाँटने से आधा रह जाता*

ऑस्ट्रेलिया में हम शानदार जीवन जी रहे थे। युद्ध के दौरान मैं जिन अनुभवों से गुज़रा, उसके बाद यह वास्तव में स्वर्ग जैसा अनुभव था। मेरे बच्चे बड़े हो गए, उनके भी बच्चे हो गए। मैं बहुत ख़ुश था, लेकिन भीतर कहीं एक दुःख भी था। मेरे पिता का निधन केवल बावन वर्ष की उम्र में हो गया था। मेरे बच्चों की उम्र आज उससे अधिक है, जिस उम्र में वह गुज़रे। क्यों? सारे दुःख, सारी परेशानियाँ किसलिए थीं?

हमने कष्ट उठाए और मर गए, क्यों? किसलिए? एक पागल आदमी के लिए, बिना वजह। वे साठ लाख यहूदी जो मारे गए, नाज़ियों ने जिन अनगिनत लोगों की हत्या की उनमें कलाकार, वास्तुकार, डॉक्टर, वकील और वैज्ञानिक शामिल थे। मुझे यह सोचकर बहुत दुःख होता है कि वे सभी शिक्षित, पेशेवर पुरुष और महिलाएँ यदि जीवित रहते तो उन्होंने कोई न कोई उपलब्धि तो अवश्य ही हासिल की होती। मुझे विश्वास है कि अब तक हम कैन्सर को हरा चुके होते। लेकिन नाज़ियों के लिए हम तो जैसे इंसान थे ही नहीं। हमारी हत्या से दुनिया की जो बर्बादी हो रही थी, वे उसे नहीं देख पा रहे थे।

दशकों तक मैंने इस विध्वंस को लेकर अपने अनुभवों की बिलकुल भी चर्चा नहीं की। मैं इस बारे में बात नहीं करना चाहता था, क्योंकि मुझे पीड़ा हो रही थी, और जब आप आहत होते हैं तो आप तकलीफ़देह भावनाओं को उभारने की जगह उनसे दूर भागना चाहते हैं। जब आप अपने माता-पिता, अपनी सभी मौसियों, चचेरे भाइयों और लगभग हर उस व्यक्ति खो देते हैं, जिससे आपने कभी प्यार किया है, तो आप इस बारे में बात कैसे कर सकते हैं? मैं जिन अनुभवों से गुज़रा, हमने जो कुछ खोया, उसके बारे में सोचना भी मेरे लिए बहुत कष्टकारी है। और शायद मैं अपने बच्चों को इस कष्ट से बचाना चाहता; इसलिए अपना मुंह बंद रखा, क्योंकि सच्चाई जानकर वे भी परेशान होंगे।

हालाँकि कई वर्षों के बाद, मैंने खुद से दूसरा प्रश्न पूछना शुरू किया : मैं ही जीवित क्यों हूँ, अन्य लोगों को इतनी भयानक मौत क्यों मिली? सबसे पहले मैंने सोचा कि ईश्वर या किसी भी परम सत्ता ने ग़लत लोगों का चयन किया है, मुझे भी मर जाना चाहिए था। लेकिन फिर मुझे लगने लगा कि शायद मैं अब तक इसलिए जीवित हूँ, क्योंकि इसके बारे में बोलने की ज़िम्मेदारी मेरी थी और मेरा फ़र्ज़ था कि मैं दुनिया को नफ़रत के ख़तरों को समझाने में मदद करूँ।

मेरी पत्नी को कविता में बड़ी दिलचस्पी है। मैं हमेशा सोचता था कि हो सकता है उसने मेरी जगह किसी कवि से शादी की होती, मैं भाग्यशाली रहा जो वह मुझे मिली। शब्दों को बरतना मेरे बस की बात नहीं। मैं तो मशीन, गणित और विज्ञान की भाषा बोलता-समझता हूँ, चीज़ों को हाथ से बनाना जानता हूँ। लेकिन अपनी कहानी बताने की इच्छा मेरे भीतर बलवती हो गई।

सबसे पहले मैंने सार्वजनिक रूप से कैथोलिक चर्च में अपनी बात कही। ब्राइतोन-ले-सेंड्स में हमारे कुछ क़रीबी मित्र धर्मनिष्ठ कैथोलिक थे और वे मुझे मेरी कहानी साझा करने के लिए चर्च के समारोहों में आमंत्रित करते थे। यह बहुत कठिन था, लेकिन इससे मुझे मेरे खोल से बाहर निकलने में थोड़ी मदद मिली।

1972 में इस विभीषिका से जीवित बच निकले लोगों का एक समूह तैयार हुआ और उन्होंने कहा, 'हमारे साथ जो कुछ हुआ, उसके बारे में हमें बताना होगा।' दुनिया को जानना ज़रूरी है। हमने एक असोसिएशन बनाने का संकल्प लिया और तय किया कि अगर हम पर्याप्त धन जुटा पाए तो हम एक ऐसी जगह तैयार करेंगे जहाँ हम सब मिल कर अपनी बात रख सकें। 1982 में हमने अपने समूह को ऑस्ट्रेलियन असोसिएशन ऑफ़ जूइश होलोकॉस्ट सर्वाइवर्स का नाम दिया। सालों बाद हमारे बच्चे भी इसमें शामिल होने लगे, तो यह ऑस्ट्रेलियन असोसिएशन ऑफ़ जूइश होलोकॉस्ट सर्वाइवर्स ऐंड डिसेंडेंट्स बन गया। फिर हमने सिडनी जूइश म्यूज़ियम की स्थापना करने के लिए जगह की तलाश शुरू की।

हमारे असोसिएशन के सदस्यों में से एक जॉन सॉन्डर्स के मित्र थे, जो एक बहुत ही सफल व्यवसायी थे। इन्होंने फ्रैंक लोवी के साथ मिल कर वेस्टफ़ील्ड समूह की सह-स्थापना की थी। वेस्टफ़ील्ड ग्रुप ने जब विलियम स्ट्रीट में वेस्टफ़ील्ड टावर्स का निर्माण शुरू किया उस समय वह अपनी सफलता के शीर्ष पर था। मिस्टर सॉन्डर्स ने डार्लिंगहर्स्ट में मैकबीअन हॉल में म्यूज़ियम की स्थापना में छह मिलियन डॉलर दिए। यह हॉल 1923 में प्रथम विश्व युद्ध में शामिल यहूदी सैनिकों की स्मृति में बनाया गया था। इस तरह सिडनी जूइश म्यूज़ियम तैयार हो गया।

2007 में हमने म्यूज़ियम का दायरा बढ़ाया। यह अब ना केवल विध्वंस के इतिहास को, बल्कि ऑस्ट्रेलिया में यहूदी संस्कृति और इतिहास को भी प्रदर्शित करता है, सबसे पहले आए सोलह यहूदियों के बेड़े को भी इसमें दिखाया गया है।

2011 में हमने एक छोटा-सा समूह तैयार किया, जिसमें विभीषिका से जीवित बच कर लौटे हुए लोग अपने अनुभवों को बाँट सकते थे। यह उस असोसिएशन से अलग था, जो सभी यहूदियों के लिए विभीषिका की स्मृति में बनाया गया था। यह केवल जीवित बचे हुए लोगों के लिए बनाया गया था। हमने उन लोगों की मदद पर ध्यान केंद्रित करने का विचार किया जो इन यातना शिविरों के अनुभवों से गुज़रे थे, जिन्हें हर दिन मौत का सामना करना पड़ा था, शवदाह-गृह में अपने मित्रों को जलाए जाने के बाद हवा में घुली उस गंध को जिन्होंने महसूस किया था। जो पूछते थे, 'सुरक्षित रहने के लिए मैं कहाँ जाऊँ?' और उन्हें कोई जगह, कोई रास्ता नहीं सूझता था, वे लोग जिन्हें धोखा दिया गया, यातनाएँ दी गईं और मरते दम तक भूखा रखा गया।

हमने इस समूह का गठन मुक्ति की भावना से प्रेरित होकर किया। जिन लोगों ने यातना शिविरों में अपना समय गुज़ारा, उन लोगों की संगत में रह कर कैसा महसूस होता है, इसका शब्दों में वर्णन करना मेरे लिए कठिन है। ये वे लोग थे, जिनके अनुभव लगभग आपकी ही तरह थे। आपकी प्रतिक्रियाओं के मर्म को वे ही लोग समझ सकते थे। अन्य लोग कोशिश कर सकते हैं, मैं इसकी सराहना करता हूँ, लेकिन वे वास्तविकता को कभी नहीं समझ पाएँगे, क्योंकि उन्हें यह अनुभव नहीं हुआ है। इससे कोई फ़र्क़ नहीं पड़ता कि इस संबंध में उन्होंने कितनी पुस्तकें पढ़ीं हैं या लिखने में कितनी मेहनत लगाई है, यह तो केवल हम लोग ही समझ सकते हैं, जो इस नर संहार से गुज़रे हैं।

मैं एक आज़ाद देश में रहता था और वही देश मेरे लिए जेल बन गया था। मुझे इसे उन लोगों के साथ साझा करना है, जिन्होंने इसी तरह की कठिनाइयों का सामना किया है। कहा जाता है कि सुख बाँटने से दुगुना हो जाता है और दुख बाँटने से आधा रह जाता है। मेरी मातृभाषा में लिखी हुई एक कविता का अनुवाद इस तरह है, जो हमारी भावनाओं को अच्छी तरह व्यक्त करती है :

*लोग मर सकते हैं*
*फूल मुरझा सकते हैं*
*लोहा और इस्पात नष्ट हो सकता है*
*लेकिन हमारी दोस्ती नहीं*

ऐसे कई सर्वाइवर्स हैं, जो आपसे कहेंगे कि ये दुनिया बहुत बुरी है कि सभी लोगों के अंदर बुराई भरी है, ये लोग जीवन का आनंद उठाना नहीं जानते हैं। इन लोगों को मुक्ति नहीं मिली है। भले ही उनके घायल शरीर 75 साल पहले शिविरों से बाहर निकल गए होंगे, लेकिन उनके टूटे हुए दिल वहीं रह गए। मैं ऐसे कई लोगों को

जानता हूँ, जो इतने भाग्यशाली नहीं रहे कि उस आज़ादी को महसूस कर सकें जो दुःखों के बोझ को उतार फेंकने से मिलती है। यहाँ तक कि मुझे भी इस बात को समझने में कई साल लग गए कि जब तक मेरे दिल में दर्द और डर भरा रहेगा, मैं वास्तव में कभी आज़ाद नहीं हो पाऊँगा।

मैं अपने साथियों से जर्मन लोगों को क्षमा करने के लिए नहीं कहता। मैं भी ऐसा नहीं कर सका। लेकिन मैं इतना भाग्यशाली रहा और मेरे जीवन में इतना प्यार और मित्रता थी कि उनके प्रति नाराज़गी दूर करना मेरे लिए संभव हो सका। गुस्से को थामे रहना अच्छा नहीं होता। गुस्से से डर बढ़ता है, फिर नफ़रत और यह नफ़रत मौत की ओर धकेलती है।

मेरी पीढ़ी के कई लोगों ने इसी नफ़रत और डर के साये में अपने बच्चों की परवरिश की। बच्चों को डरना सिखाना अच्छी बात नहीं है। यह उनका जीवन है! उन्हें अपने जीवन के हर एक पल का आनंद उठाना चाहिए। आप उन्हें इस दुनिया में लेकर आए हैं, अब आपकी ज़िम्मेदारी है कि उनकी मदद करें, उन्हें सहारा दें, उनके भीतर नकारात्मक विचार नहीं भरें। यह एक ज़रूरी सबक़ है, जो हम सर्वाइवर्स को समझना होगा। आप भले ही दिल से आज़ाद नहीं हैं, पर बच्चों की आज़ादी तो मत छीनिए। मैं हमेशा अपने बच्चों से कहता हूँ, 'मैं तुम लोगों को इस दुनिया में लेकर आया हूँ, क्योंकि मैं तुम्हें प्यार करना चाहता था। तुम लोग मेरे क़र्ज़दार नहीं हो। मैं तुम लोगों से बस प्यार और सम्मान की अपेक्षा रखता हूँ।' मुझे इस पर गर्व है - मेरा परिवार ही मेरी उपलब्धि है।

अपने परिवार को बढ़ते और समृद्ध होते देखना और अपने बच्चों को माता-पिता बनते देखने पर जो खुशी मिलती है, उससे अद्भुत और कोई अनुभव नहीं हो सकता। यह एक विशेष बंधन है - जब मैं दादा बना, तो मुझे समझ में आया। मेरे बेटे ने अपने बेटे को गोद में उठाने, उसे बड़ा होते देखने, बच्चे से नौजवान बनते देखने, पढ़ता-लिखता हुआ देखने, प्यार में पड़ने और अपना जीवन बनाते हुए देखने का आनंद दिया - वैसा ही आनंद जो मैंने अपने बच्चों के साथ अनुभव किया था। मैं हमेशा उनसे कहता हूँ कि उन पर मेरा कुछ भी क़र्ज़ नहीं है, लेकिन क्या वे सुनते हैं? नहीं! वे मुझे अनसुना करते हैं और मुझे वह सबकुछ देते हैं, जो मैं माँगता भी नहीं।

हर दिन मैं कॉफ़ी पीने के लिए मेज़ पर पहुँचता हूँ तो खुद को अपने ख़ूबसूरत बच्चों माइकल और आंद्रे, उनकी पत्नियाँ लिंडा और इवा, मेरे पोते डेनिएल, मार्क, फ़िलिप और कार्ले, और मेरे परपोते लारा, जोएल, ज़ो, सैमुअल और टोबी से घिरा हुआ पाता हूँ और इनमें मैं अपने आपको और पत्नी फ़्लोर को देखता हूँ। और अपने माता-पिता को भी। मैं उस प्यार को देखता हूँ, जो उन्होंने मुझे इतने कम समय में दिया। और यह अनुभव बहुत अद्भुत है और शब्दातीत है। बच्चे आगे

बढ़ते जाएँगे, उनके अपने संघर्ष होंगे, उनकी अपनी जीत होगी, वे उन्नति करेंगे और जिस समाज ने हमें इतना कुछ दिया, उसे प्रतिदान करेंगे। और हम इसलिए जीते हैं। इसलिए हम काम करते हैं और अगली पीढ़ी को अपना सर्वश्रेष्ठ देने का प्रयास करते हैं।

करुणा और दया हम सभी का सबसे बड़ा धन है। परोपकार के छोटे-छोटे कार्य जीवन-भर साथ देते हैं। मेरे पिता द्वारा मुझे सिखाया गया पहला और सबसे ज़रूरी सबक़ यही था कि दया, उदारता और अपने साथी के प्रति विश्वास धन-दौलत से अधिक महत्त्वपूर्ण हैं। और इस तरह वह हमेशा हमारे साथ रहेंगे, और हमेशा जीवित रहेंगे।

ये कुछ पंक्तियाँ हैं, जिन्हें मैं जीने की कोशिश करता हूँ और जिन्हें मैं सार्वजनिक रूप से बोलना पसंद करता हूँ :

May you always have lots of love to share,
Lots of good health to spare,
And lots of good friends who care.

(आपके पास साझा करने के लिए हमेशा बहुत सारा प्यार
हो, दूसरों की मदद करने के लिए बहुत अच्छी सेहत हो,
और परवाह करने वाले बहुत सारे मित्र हों।)

# अध्याय 15

## *मैं जो बाँटना चाहता हूँ, वह मेरा दर्द नहीं है*
## *मैं जो बाँटना चाहता हूँ, वह मेरी आशा है*

लंबे समय तक, मैं अपने बच्चों को अपनी कहानी सुना कर परेशान नहीं करना चाहता था। मेरे साथ जो कुछ हुआ था, यह पहली बार उन्होंने किसी और से सुना, मेरी जानकारी के बिना। मेरा बेटा माइकल बड़ा हो चुका था, उसने कहीं सुना कि मैं विभीषिका से जुड़े अपने अनुभवों को एक आराधना-गृह में सुनाने वाला हूँ, ये बातें मैंने उसे कभी नहीं बताई थीं। वह मुझसे पहले इस जगह पर पहुँच गया और पर्दे के पीछे छिप गया, ताकि मैं जान नहीं सकूँ कि वह वहाँ पर मौजूद है। इसके बाद वह पर्दे के पीछे से निकला और मुझे गले से लगा लिया। वह रो रहा था। पहली बार उसने सब कुछ जाना था। उसके बाद से, मेरे बच्चे श्रोताओं के बीच बैठकर मेरे अनुभव सुनते रहे, मैंने कभी उनसे आमने-सामने इस बारे में चर्चा नहीं की। मैं जब भी अपने बेटे से बात करने का प्रयास करता, मुझे उसमें अपने पिता का चेहरा दिखाई देता था। मेरे लिए बहुत मुश्किल था उससे इस बारे में बात करना।

कभी-कभी मुझे लगता है कि हममें से जिन्होंने इतने लंबे समय तक अपनी कहानियाँ नहीं बताईं, उन्होंने ग़लती की। ऐसा लगता है कि जो पीढ़ी इस दुनिया को एक बेहतर जगह बनाने में मदद कर सकती थी, जो दुनिया में हर जगह बढ़ रही नफ़रत को रोक सकती थी, उसके हाथों से हमने यह मौक़ा जाने दिया शायद हमने इसके बारे में पर्याप्त बात नहीं की। इस विभीषिका से इनकार करने वाले लोग भी मौजूद हैं, जो यह नहीं मानते कि ऐसा कभी हुआ था। क्या आप कल्पना कर सकते हैं? उन्हें क्या लगता है कि हम में से छह मिलियन लोग कहाँ चले गए? मुझे यह टैटू कहाँ से मिला है?

मुझे लगता है कि आज मेरी कहानी बताना मेरा कर्तव्य है। मैं जानता हूँ कि अगर मेरी माँ जीवित होती, तो वह कहती, 'मेरे लिए ऐसा करो। इस दुनिया को एक बेहतर जगह बनाने की कोशिश करो।'

इधर कुछ वर्षों से मैं देख रहा हूँ कि मेरा संदेश फैलने लगा है। यह बहुत अच्छी बात है। मैंने हज़ारों-हज़ार स्कूली बच्चों से बात की, राजनेताओं से और पेशेवर लोगों से बात की है। मेरी कहानी सबके लिए है। और पिछले बीस वर्षों से मैं हर वर्ष युवा सैनिकों से बात करने के लिए ऑस्ट्रेलियन डिफ़ेंस फ़ोर्स एकेडमी में भी जा रहा हूँ। ये वे लोग हैं, जिन तक मैं अपनी बात पहुँचाना चाहता हूँ, अधिकारी तो ठीक, लेकिन मैं ख़ासतौर पर युवाओं के बीच जाना चाहता हूँ, यही लोग कर्णधार हैं। मेरा संदेश हर उस व्यक्ति के लिए महत्त्वपूर्ण है, जो बंदूक़ थाम सकता है।

हर बार, जब मैं किसी स्कूल में भाषण देने जाता हूँ, तो मैं कहता हूँ, 'कृपया वे बच्चे अपना हाथ ऊपर उठाएँ, जिन्होंने आज सुबह घर से निकलते समय कहा है, "माँ, मैं तुमसे प्यार करता हूँ।" एक शाम, मैं घर पहुँचा तो मेरी पत्नी ने कहा कि एडी, मिसेज़ ली ने फ़ोन किया था। वह चाहती हैं कि तुम उन्हें फ़ोन करो।'

मैंने उन्हें पलट कर फ़ोन किया। 'मिसेज़ ली, क्या आप मुझसे बात करना चाहती हैं?'

'जी हाँ, मिस्टर जाकु। आपने मेरी बेटी के साथ क्या किया है?!'

'मिसेज़ ली, मैंने तो कुछ नहीं किया!'

'ताज्जुब है! आपने तो चमत्कार कर दिया। वह जब घर लौटी तो उसने मेरे गले में अपनी बाँहें डाल कर मेरे कानों में कहा, "माँ, मैं तुमसे प्यार करती हूँ।" वह सत्रह साल की है और आम तौर पर वह मुझसे बहस ही करती रहती है।'

मैं, यह बात मुझसे मिलने वाले हर बच्चे-युवा को सिखाना चाहता हूँ। आपकी माँ ने आपके लिए सब कुछ किया है। उसे मालूम तो हो कि आप उसकी कितनी सराहना करते हैं, कितना प्यार करते हैं। जिन लोगों से आप प्यार करते हैं, उनसे उलझते क्यों हैं? सड़क से बाहर निकलिए, उस व्यक्ति को रोकिए जो सड़क पर कूड़ा फेंक रहा है, और उससे बहस कीजिए। आपकी माँ से बेहतर ऐसे लाखों लोग हैं, जिनसे आप बहस कर सकते हैं!

हर सप्ताह, मैं जागने के बाद अपनी पत्नी को चुंबन देता था, अपना सूट पहनकर तैयार होता और जूइश म्यूज़ियम में भाषण देने के लिए निकल जाता था। शुरुआत में केवल यहूदी बच्चे मुझे सुनने के लिए आते थे। उसके बाद सिडनी भर के बच्चे आने लगे। फिर पूरे ऑस्ट्रेलिया से। फिर बड़े लोग आने लगे - शिक्षक, उनके मित्र, उनके प्रियजन भी मेरी बात सुनने के लिए आने लगे। मेरे लिए यह बहुत मार्मिक

अनुभव था। मैं पास की, दूर की यात्राएँ करने लगा, स्कूल, कम्युनिटी ग्रुप, कंपनियाँ, बूढ़े, नौजवान - सभी तरह के लोग मुझसे संपर्क करने लगे। सभी मुझसे विभीषिका के सबक़ साझा करने का अनुरोध करते थे।

एक दिन मुझे ऑस्ट्रेलिया सरकार की ओर से एक पत्र मिला। उन्होंने मुझे बताया कि एक प्रमुख डॉक्टर ने ऑर्डर ऑफ़ ऑस्ट्रेलिया मेडल के लिए मुझे नामांकित किया था, और एक पैनल इस सम्मान पर विचार कर रहा था।

2 मई, 2013 को मैं, फ़्लोर और अपने परिवार के साथ सिडनी में गवर्नमेंट हाउस पहुँचा। यहाँ न्यू साउथ वेल्स की गवर्नर मैरी बशीर की अध्यक्षता में आयोजित एक समारोह में मुझे यहूदी समुदाय की सेवाओं के लिए ऑर्डर ऑफ़ ऑस्ट्रेलिया मेडल से सम्मानित किया गया।

कितना शानदार सम्मान था! एक समय था, जब मेरा अपना कोई देश नहीं था, मैं एक शरणार्थी था, जिसने सिवाय दुःख के कुछ नहीं देखा था। अब मैं एडी जाकु हूँ, ओएएम (मेडल ऑफ़ द ऑर्डर ऑफ़ ऑस्ट्रेलिया)!

फिर 2019 में टेडटॉक्स ने मुझसे संपर्क किया। यह एक ऐसा संगठन है, जो दुनिया-भर के विभिन्न कार्यक्षेत्र से जुड़े लोगों को बातचीत और अपनी बात रखने के लिए आमंत्रित करता है। यह 'प्रसारण योग्य विचारों' के समान ध्येय से एकजुट है। वे मेरे संदेश को अधिक से अधिक लोगों तक पहुँचाने में मेरी मदद करना चाहते थे। इस कार्यक्रम को एक हॉल में पाँच हज़ार से अधिक लोग, और लाखों लोग ऑनलाइन देखने वाले थे। 24 मई, 2019 को मैं शायद अपने जीवन के सबसे बड़े भाषण के लिए मंच पर गया था। इससे पहले मैंने कभी एक बार में इतने हज़ार लोगों से बात नहीं की थी! मेरा भाषण समाप्त होने के बाद सभी दर्शक उछल-उछल कर लगातार तालियाँ बजाते रहे। बाद में सैकड़ों लोग मुझसे हाथ मिलाने या मुझसे गले लगने के लिए क़तार में खड़े थे।

जब से उस बातचीत को ऑनलाइन किया गया है, तब से पच्चीस लाख से अधिक लोगों ने इसे देखा है। तकनीक कमाल करती है। जब मैं बच्चा था तब हम टेलीग्राम और कबूतर द्वारा संदेश भेजते थे! और अब दुनिया-भर के जिन-जिन लोगों ने मेरी कहानी सुनी वे मुझे मेल भेजते हैं और बताना चाहते हैं कि इसने उन्हें कैसे प्रभावित किया है। एक दिन मुझे अमेरिका की एक अजनबी महिला का हस्तलिखित पत्र मिला। उस महिला ने लिखा, 'सत्रह मिनट में आपने मुझे सोचने-विचारने के लिए कितना कुछ दे दिया है, इसने मेरी पूरी ज़िंदगी बदल दी है।'

आप ज़रा कल्पना करें। कुछ समय पहले तक मैं अपना दर्द साझा करने से हिचकिचा रहा था। लेकिन यह तब संभव हुआ, जब मुझे अहसास हुआ कि मुझे अपना दर्द साझा नहीं करना है, मैं उम्मीद बाँटना चाहता हूँ।

2020 में मेरा नामांकन 2020 न्यू साउथ वेल्स (एनएसडबल्यू) सीनियर ऑस्ट्रेलियन सिटीजन ऑफ़ द ईयर के लिए किया गया था। मैं नहीं जीता, लेकिन मैं अंतिम चार में शामिल था, जो एक शतायु इंसान के लिए बहुत बुरा नहीं है!

जब तक संभव होगा मैं अपनी कहानी सुनाता रहूँगा। मेरी सेवानिवृत्ति से पहले जूइश म्यूज़ियम को मुझे बाहर निकालना होगा! जब मैं थक जाता हूँ, तो उन सभी के बारे में सोचता हूँ, जो अपनी कहानी बताने के लिए जीवित नहीं रहे। और उनके बारे में भी जो इतनी बुरी तरह से आहत हैं कि अपनी बात नहीं कह पा रहे। मैं उनके लिए बोलता हूँ। अपने माता-पिता के लिए बोलता हूँ।

अपनी कहानी बताना मेरे लिए आसान नहीं होता। कभी-कभी बहुत पीड़ादायक होता है। लेकिन फिर मैं अपने आपसे पूछता हूँ कि तब क्या होगा, जब हम सब इस दुनिया से चले जाएँगे? क्या हमारी कहानी इतिहास से मिट जाएगी? या हम लोगों को याद आते रहेंगे? यह नई पीढ़ी, युवा लोगों और दुनिया को बेहतर बनाने की तीव्र इच्छा रखने वाले लोगों को कुछ कर दिखाने का समय है। वे हमारे दर्द को समझेंगे और वे ही हमारी उम्मीदों के वारिस हैं।

ज़मीन ख़ाली है, लेकिन अगर आप इसमें कुछ उगाने का प्रयास करते हैं तो आपके पास एक सुंदर बग़ीचा होगा। और यही जीवन है। एक फूल का खिलाना चमत्कार है, इसका मतलब यह है कि आप और भी फूल खिला सकते हैं। याद रखें एक फूल, महज़ एक फूल नहीं होता, यह मुकम्मल बग़ीचे की शुरुआत होता है।

इसलिए जो भी इस विभीषिका के बारे में जानना चाहता है, उसे मैं अपनी कहानी सुनाए चला जाता हूँ। यदि मैं एक व्यक्ति को भी अपनी बात समझा पाता हूँ, तो यह सार्थक होगा। और मुझे उम्मीद है कि वह व्यक्ति मेरे नए मित्र आप हो। मुझे उम्मीद है कि यह कहानी आपको पसंद आई होगी।

# उपसंहार

पचहत्तर साल पहले, युद्ध के बाद के दिनों में, मुझे एक नाज़ी को उसके युद्ध अपराधों के लिए बेल्जियम में बंदी बनाए जाने की सूचना मिली। मैंने उससे मिलने का इंतज़ाम किया। मैंने उससे पूछा, 'क्यों, आख़िर तुमने ऐसा क्यों किया?' वह उत्तर नहीं दे पाया। वह काँपने लगा, रोने लगा। वह बुरा नहीं लग रहा था। वह तो वास्तव में किसी और की परछाईं था। मुझे उसके प्रति सहानुभूति थी। वह इतना दयनीय लग रहा था, मानो पहले ही मर चुका हो। और मेरा प्रश्न अनुत्तरित ही रह गया। मैं जितना बूढ़ा होता जाता हूँ, उतना ही सोचता हूँ, क्यों? मैं कुछ नहीं कर सकता, लेकिन इसके बारे में सोचता अवश्य हूँ, मानो कि यह कोई इंजीनियरिंग समस्या थी, जिसे मैं हल कर सकता था। अगर मेरे पास कोई मशीन है, तो मैं उसकी जाँच कर सकता हूँ, समस्या का निदान कर सकता हूँ, पता लगा सकता हूँ कि गड़बड़ कहाँ है और उसे ठीक कर सकता हूँ।

मैं केवल एक ही उत्तर पाता हूँ - वह है नफ़रत। नफ़रत किसी बीमारी की शुरुआत है - जैसे कैन्सर। यह आपके दुश्मन को तो मार सकती है, लेकिन इस प्रक्रिया में आप भी नष्ट हो सकते हैं।

अपने दुर्भाग्य, अपनी विफलताओं के लिए दूसरों को दोष नहीं दें। किसी ने, कभी नहीं कहा कि जीवन आसान है, लेकिन अगर आप इसे प्यार करते हैं तो यह आसान बन सकता है। अगर आप अपने जीवन से नफ़रत करते हैं, तो जीना असंभव हो जाता है। यही कारण है कि मैं उदार बनने की कोशिश करता हूँ। भले ही मैंने अनेक कष्ट झेले हैं, पर मैं नाज़ियों के लिए साबित करना चाहता हूँ कि वे ग़लत थे। जो लोग नफ़रत करते हैं, मैं उन लोगों को दिखाना चाहता हूँ, वह सही नहीं हैं।

इसलिए मैं किसी से नफ़रत नहीं करता, यहाँ तक कि हिटलर से भी नहीं। मैं उसे माफ़ नहीं कर सकता। यदि मैं ऐसा करता हूँ, तो उन साठ लाख लोगों के लिए

ग़द्दार बन जाऊँगा, जिन्होंने अपनी जान गंवाई है। इसके लिए कोई माफ़ी नहीं है। जब मैं यह बात कहता हूँ, तो मैं उन साठ लाख लोगों की तरफ़ से बोलता हूँ, जो अपने लिए नहीं बोल सकते। लेकिन मैं उनके लिए भी जीता हूँ, और जितने अच्छे ढंग से संभव हो, उतने अच्छे से जीता हूँ।

मैंने वादा किया था कि जब मैं अपने जीवन के सबसे बुरे दिनों से मुक्ति पाऊँगा, तो मैं जीवन भर खुश रहूँगा और मुस्कराऊँगा, क्योंकि अगर आप मुस्कराते हैं, तो दुनिया आपके साथ मुस्कराती है। जीवन हमेशा ख़ुशियों भरा नहीं होता। कभी-कभी बहुत बुरे दिनों का भी सामना करना पड़ता है। लेकिन आपको याद रखना चाहिए कि यदि आप जीवित हैं तो आप भाग्यशाली हैं - इस अर्थ में हम सब भाग्यशाली हैं। हर सांस एक उपहार है। जीवन तभी ख़ूबसूरत होगा, जब आप इसे बनाएँगे। ख़ुशियाँ आपके हाथों में है।

पचहत्तर साल पहले, मैंने कभी नहीं सोचा था कि मेरे बच्चे, पोते और परपोते होंगे। मैं इंसानियत की तलाश में था। और अब, मैं आपके समक्ष हूँ। अतः जब आप इस पुस्तक को पूरा पढ़ लें, उसके बाद कृपया अपने जीवन के अच्छे-बुरे हर पल की सराहना करने के लिए कुछ समय अवश्य निकालें। कभी आँसू निकलेंगे, तो कभी हँसी के मौक़े भी होंगे। और अगर आप भाग्यशाली हैं, तो आपके इन अनुभवों को साझा करने के लिए मित्र भी होंगे, जैसे कि मेरे साथ जीवन-भर रहे।

कृपया याद रखें कि हर दिन खुश रहना है और दूसरों को भी ख़ुशियाँ बाँटें। इस दुनिया के मित्र बन जाएँ।

अपने नए मित्र एडी के लिए ऐसा करें।

# आभार

पुस्तक लिखने का मेरा कोई इरादा नहीं था। कई सालों से, कई लोगों द्वारा प्रोत्साहित करने के बावजूद और तब जबकि विभीषिका से सुरक्षित बच निकले मेरे कई साथियों और दोस्तों ने मुझसे पहले ही अपने अनुभव लिख रखे हैं, मुझे नहीं लग रहा था कि मैं कुछ लिख पाऊँगा। यह तो एक प्रकाशक का प्रस्ताव था, जिसने अंततः सौ साल की परिपक्व उम्र में मुझे मेरे अनुभवों, मेरे विचारों को लिखने पर बाध्य किया। इसके लिए मैं प्रकाशक केट ब्लेक और लेखक लिअम पाइपर को हार्दिक धन्यवाद देता हूँ। केट ने इस प्रोजेक्ट के प्रति अपनी प्रतिबद्धता दिखाई और विश्वास बनाए रखा, तो लिअम ने मेरे शब्दों को पूरी संवेदनशीलता और कुशलता से पृष्ठों पर उतारा है।

मेरे परिवार यानी मेरी प्यारी पत्नी फ़्लोर और मेरे बेटों - माइकल और आंद्रे का प्रोत्साहन और प्रयास भी कम महत्त्वपूर्ण नहीं था।

यह पुस्तक उनके लिए है और मेरे पोते डेनिएल जाकु-ग्रीनफ़ील्ड, मार्क जाकु, फ़िलिप जाकु और कार्ली जाकु तथा परपोते लारा, जोएल और ज़ोई ग्रीनफ़ील्ड, सैमुअल और टोबी जाकु के लिए भी। और मेरे निकट और दूर के परिजनों : मेरी बहन जोहाना के वंशज, लीह वुल्फ़ और मिरियम ओपेनहेम, मेरे मामा मोरित्ज़ ईसेन (मेरी प्यारी माँ के भाई) और मेरी बुआ सला डेस्साअर (मेरे पिता की बहन) के लिए भी है। मामा और बुआ दोनों तबाही से पहले यूरोप छोड़ कर फ़िलिस्तीन चले गए थे। मेरे जिन रिश्तेदारों की मानव जाति के इतिहास में क्रूरतम समाज द्वारा हत्या कर दी गई, यह उनके लिए भी है।

यह पुस्तक उन साठ लाख निर्दोष यहूदियों के लिए है, जो अपने लिए बोल नहीं सके और उनके साथ नष्ट हो चुकी संस्कृति, संगीत और महान संभावनाओं की यादों के लिए है।

विभीषिका के बाद पचहत्तर सालों में बने मेरे सभी मित्रों के लिए है।

मैं सिडनी जूइश म्यूज़ियम और उसके शानदार कर्मचारियों का आभारी हूँ और उन्हें धन्यवाद देना चाहता हूँ, जिन्होंने 1992 में म्यूज़ियम के उद्घाटन के बाद से मुझे अपनी कहानी सुनाने के लिए हमेशा प्रोत्साहित किया है। म्यूज़ियम मेरे लिए दूसरा घर रहा है और इसके कर्मचारी और कार्यकर्ता दूसरे परिवार की तरह।

अंग्रेज़ी मेरी मूल भाषा नहीं है और बढ़ती उम्र की सीमाओं के कारण यह कोई आसान काम नहीं था। फिर भी मुझे आशा है कि पाठकों को मेरा यह प्रयास सार्थक लगेगा।

अकेले हम कमज़ोर होते हैं, लेकिन मिल जाएँ तो मज़बूत।

मैं चाहता हूँ कि यह दुनिया एक बेहतर जगह बने और आशा करता हूँ कि इस पुस्तक को पढ़ कर इंसानियत थोड़ी-बहुत पुनःस्थापित हो सकेगी। मैं आपसे यह भी कहना चाहता हूँ कि आशा का दामन कभी नहीं छोड़ें। एक उदार, विनम्र और सबसे प्यार करने वाला इंसान तो कभी-भी बना जा सकता है।

मैं आप सभी को अपनी शुभकामनाएँ देता हूँ।

आपका मित्र,

एडी जाकु

# अनुवादक के बारे में

**यामिनी रामपल्लीवार**

इन दिनों नागपुर, महाराष्ट्र में कार्यरत।

एक ज़िम्मेदार, संवेदनशील और प्रतिबद्ध हिन्दी पत्रकार।

'पुनःकथन' की परम्परा का निर्वाह करते हुए एक हिन्दी अनुवादक के रूप में मौलिक पहचान बनाने हेतु प्रयासरत।

संतुलित, जानकारीपरक और दिलचस्प सामग्री के लेखन-पठन में रुचि।